聽講我城

香港在地故事拾憶記

余震宇

序

關於我們仨在香港的一些記憶與故事

這本是我的第十本個人著作，獻給我的嫲嫲。

至於原因，在於我沒有好好珍惜，至今懊悔不已。時光匆匆，生活忙碌得無法整理往事，唯有趁此機會記錄昔日嫲孫的相處片段，好讓我記得人生中有一個人如此疼愛自己。

自幼父母忙於工作，嫲嫲背負照顧重任。每天放學回家，嫲嫲便預備好午飯，有我最喜歡吃的茄汁魚、煎荷包蛋，吃罷後便一起午睡。嫲嫲的身上有微香，總能導我安穩入眠。每逢嫲嫲不在身旁，我便睡不著。

小時候極度頑劣，高小某年在雜貨舖順手牽羊，被店員抓個正著。當天，大概有數十名街坊圍觀，我硬著頭皮致電嫲嫲求救，她一臉尷尬的前來，道歉、付款，邊罵邊哭的帶我離去。每逢想到這件事，我便會極度悔疚，爲何嫲嫲要替我承受指責？

原來，一人做事，從來不是一人當的。

後來，有一些原因，家中的經濟陷於困境，嫲嫲無人照顧，一個人獨居板間房。每星期，我都會抽時間探望，看見公共廚房的捕鼠籠，總會想哭，爲何年老的嫲嫲竟然要住在這種地方？

有時候，我會埋怨家中的長輩拒絕照顧嫲嫲，一些移民去了，一些被辭退了，一些早已在嫲嫲的人生中失蹤了。爲了給嫲嫲將來有更好的生活，我決定奮發圖強，將來要給她買房子，好讓她可以安老。

奈何，事與願違。

當我打算請嫲嫲搬到家中的時候，她不慎在家中暈倒，自後便沒有再醒，隔一段時間便去世了。至今，我還記得在醫院竭力哀求她再醒來的片段，每當午夜夢迴的時候，總會想起這段回憶。畫面一浮現，眼淚便不斷流。

原來，遺憾可以揮之不去。

嫲嫲生前經常說故事，由家鄉的經歷開始，旁及在香港耳聞目睹的一切。她說話帶有鄉音，但內容有結構，具故事性，結尾必有教訓意味。嫲嫲生於一九二〇年代，她所回憶的香港，與今日大有分別，加上她所藏的舊物，加深了我的印象。

這是本書的寫作動機。

父親也是值得尊敬的人，雖然他有不便言說的秘密。還記得中七那天，有聲音要求我投身職場，於是我向破了產的父親求救，期望他出手襄助，爲我繳交大學學費，好讓我繼續學業。

某天晚上，約了父親在怡和街的「麥當勞」見面。怎料，他拿了一個公文袋，內藏一疊現金，雖然不厚，但肯定以萬計。父親說：「拎去交學費。」當時，我呆住了，但很想哭，這些現金是借來的嗎？我不敢問。我肯定，沒有這些現金，我不能交學費。如果無法讀大學，也無法前往北京大學中文系繼續深造，現在可能渾噩潦倒度日。爲了答謝父親，本書也記敘了父子的閒談片段。

無論是嫲嫲或是父親的經歷，也期望以小見大，利用小市民的視角，記述百年香港故事。

在歷史的洪流中，我經歷了主權移交、社會動盪及新冠疫情等多個時刻，當然不及先輩那般波瀾壯闊。所以，我融入了一些人家的、自己的故事，記錄在這本書裡面，期望爲香港歷史留記錄，爲家庭故事留印記。

本書得以出版，感謝格子盒作室的阿丁用心編輯，一本書得以令作者滿意，編輯的付出至爲重要，由校對、擬題及內容等，佩服當中的用心。也感謝阿佩的精美插圖，一幅又一幅的香港經典，活現眼前，感激不盡。寫作的過程當中，又感謝生命中激勵我的人，這本書暫時是最令我滿意的作品，再次感謝你們。

余震宇

二〇二二年四月二十七日

公利真料竹蔗水
龜苓膏

目錄

壹

三代談城
閒話家常聊香港

歲月神偷

中環「卅間」的舊日記憶

外公是「鏞記酒家」[1]創辦人的親兄，話說他當年在上海閱報，得知親弟為酒家業務在香港招兵買馬，於是他也來到香港，開展新生活。

由於這個決定，母親自上世紀五〇年代開始，便住在中環擺花街，見證這一帶街頭小販絕跡、半山行人電梯[2]穿越南北、唐樓迅速拆卸、改建等，也目睹結志街「蘭芳園」[3]、荷李活道「民園麵家」[4]及擺花街「泰昌餅家」[5]的變遷。

母親說，中環在數十年間激變，被時代淘汰的，還有很多老字號，包括雜貨店、粥麵檔及補鞋舖等，每一天都在記憶中逐漸褪色。

1—現址位於中環威靈頓街三十二號，以炭燒燒鵝馳名，創辦人甘穗煇最早期在中環廣源西街開設燒味大牌檔，一九四二年租下永樂街三十二號設舖經營，一九四四年遷至石板街三十二號，至一九六四年購入現址物業，今由後人接手經營。

2—於一九九三年啟用，連接港島中環與半山區，全長超過八百公尺，為全世界最長的戶外有蓋行人電扶梯。

3—於一九五二年創辦，以鐵皮檔攤形式經營，其絲襪奶茶最為馳名。

4—可參閱本書〈記憶遺落在「蘇豪區」之前——消失中的鐵皮屋大牌檔〉的內容(p.175)。

5—於一九五四年創辦，以蛋撻馳名，前港督彭定康曾稱之為「世界上最好味的蛋撻」。

無論本地市民、中外遊客，對中環「蘇豪區」（SoHo）[6]的旺中帶靜、悠然風雅的格調，均擊節讚賞，奈何這只是一廂情願的想法。老一輩不會稱呼這裡「蘇豪區」，對他們來說，這一帶應該稱爲「卅間」。

現時士丹頓街的「中區卅間街坊盂蘭會」，便是碩果僅存的時間見證物。

◆尋覓「卅間」的所在地

所謂「卅間」，指昔日位於中環三十座相連的房屋。傳說輪船駛經維多利亞港時，便會見這兒燈火閃爍，爲歸程或遠航的海員帶來盼望。

近年在香港地圖上，已再不見有標註「卅間」的範圍——東自鴨巴甸街、南至堅道、西抵樓梯街、北爲士丹頓街，涵蓋城皇街、必列者士街、永利街、華賢坊、中華里等街道。關於這一帶的地方影像回憶，近年最享負盛名的，莫過於電影《歲月神偷》。

事實上，「卅間」故事的序幕，更像《十月圍城》前傳。當年國父孫中山遊走於中環街道，見這裡規劃布局井然，一派文明氣象，更堅定了其革命思想。試想像——孫中山居於必列者士街的「美國公理會佈道所」[7]，前往荷李活道的「道濟會堂」[8]聚會，再去歌賦街的「中央書院」（後

6 隨著中環通往半山的行人電扶梯於一九九三年啟用而發展的飲食娛樂消遣區域。據說「蘇豪」之名取自英國倫敦一個名為「SoHo」的酒吧消費區，也有說是「荷李活道之南邊」（South Of Hollywood Road）的縮寫。

7 於一八八三年創立，一棟三層高建築物，三樓曾是孫中山的故居，現為「中華基督教會公理堂」。

8 於一八八八年由倫敦傳道會華人基督徒建成。

稱「皇仁書院」）[9]及荷李活道的「香港西醫書院」[10]上學，其後在士丹頓街的「興中會總會」[11]策動首次「乙未廣州之役」起義[12]，可見反清的步伐，早在香港的中環便留下了足跡。

一八六二年興建於中環歌賦街的中央書院啟用，至一八八九年校舍遷至中環荷李活道，成爲了「卅間」的地標建築。這裡的前身原爲「城隍廟」，故今日有城皇街。戰後，皇仁書院遷至銅鑼灣，原址改建爲「荷李活道已婚警察宿舍」。後來，經過民間連串努力，再保育爲「PMQ元創方」[13]。

「卅間」猶如時間長廊，以城隍廟、中央書院、警察宿舍及元創方爲傳承主軸，精彩故事不斷在這兒上映。

上世紀二、三〇年代，「卅間」是人煙稠密、繁囂嘈雜的地區。每逢皇仁書院鳴鐘上課，伴隨街頭小販高聲喊叫、搬運苦力激昂厲聲、夾雜人流粗鄙叫罵，不知有沒有學生投訴過阻礙學習？

此外，附近流氓結集，不時有小偷搶劫，在祖母的回憶中，二戰前後這裡是三教九流集中之地，江湖仇殺無日無之，也發生過毆鬥導致殘廢的悲慘故事……

9—香港最早的官立中學，一八六二年建於中環歌賦街，一八八九年遷往荷李活道，一八九四年易名為「皇仁書院」（Queen's College）。
10—於一八八七年創立，原稱「香港華人西醫書院」，一九〇七年易名為「香港西醫書院」。
11—一八九四年孫中山於美國檀香山創立的革命組織，翌年與楊衢雲、陳少白、陸皓東、鄭士良等在香港中環士丹頓街十三號成立「興中會總部」。
12—於一八九五年（即清光緒二十一年）由楊衢雲、孫中山、陸皓東、鄭士良等「興中會」人士在廣州發動的起義。
13—PMQ即Police Married Quarters。

◆流氓幫派尋仇案

必列者士街與城皇街交界，現在有一座正受保育修葺的唐樓，有著優雅的圓角露台設計，這裡原是《華僑日報》[14]創辦人岑維休及其員工的宿舍。據祖母回憶，戰前該處有一個小說檔口，附近有攤販售賣各種乾貨。

話說有天的下午時分，一名馬氏婦人在小說檔口附近的石級位置與街坊聊天，而她那個已是少年的兒子，正在檔口看小說。

這名兒子，名叫陳培，曾犯偷盜，其後改過，此後儉樸度日，與母親馬氏相依為命。

就在昨天，陳培在必列者士街勸阻了企圖強搶婦女手袋的流氓。這班隸屬「十八支黨人」的匪徒，聽其名字，已知其下流，外號包括「豆皮牛」、「豬肉佬」、「蛋家九」、「大頭標」及「大隻全」。由於陳培的介入，這班人心生怨恨，伺機報復。

那天下午，馬氏與街坊閒話家常，聊得正酣之際，大路突然閃出一路人馬，為數大概有三十人，手持竹升、劍仔及長刀等，狀似打架。馬氏打算提醒兒子留心之際，卻不見了其蹤跡。電光火石之間，只見那幾十人衝入一屋，作出廝殺！

良久之後，一行人喘著氣魚貫而出。這時，她還是不見兒子身影。

14 於一九二五年創刊，一九九一年賣盤予「南華早報集團」，最終於一九九五年停刊。

過了一會兒，從這屋有一血流披面的人爬身出來。馬氏一看，便認出是兒子！她立刻呼喊，請求街坊協助報警。

陳培左手被斬傷，內肋已斷，頭背身均有瘀腫、傷痕，昏倒前微弱吐出「十八支黨人」，便不省人事。

遇襲不死之後，陳培為了爭取公道，不顧被尋仇之可能，決定與流氓對簿公堂，當律師問及陳培遭流氓行凶之原因時，他答：

「余被毆前夕，大頭標與一人（名阿三）在路上與余為難，吾毆阿三一拳，大頭標聲言班人尋仇。」

所謂「為難」，是指陳培曾經阻止「十八支黨人」強搶婦女手袋。他捍衛了公義，卻賠掉了左手（受斬傷後殘廢），自此不能再從事細微工作。

法官審訊的時候，翻查一眾被告的犯罪紀錄，這群十七、八歲的年輕人，居然六年內曾犯罪八次，其中七次偷竊、一次恐嚇，而這次竟施襲導致陳培重傷，故一律判「苦工監」[15]一至兩年。

可想而知，這裡一度是罪惡淵藪。

15 早期香港設有「苦工監」，因犯須從事各類體力勞動，如搬運鐵丸及石頭、轉動曲軸、腳踏轉輪、拆麻絮，還有洗熨衣服、織地蓆、做木工及銅鐵製作等。

◆密集寮屋付諸一炬

二戰期間，香港不少建築毀於炮火；而「卅間」的房屋，則是被歹徒拆毀或遭洪水沖毀。

由皇后大道中向高山仰望，鴨巴甸街、閣麟街等街道特別陡斜，若人仰馬翻定必傷痕纍纍，洪水滾流則例必構成危險。前輩的口述及文獻也有指出，在「卅間」的南面，原有大石壆一座，以阻止山洪向下沖擊。可是，在「香港保衛戰」[16]期間，石壆被炮火摧毀，無法再抵禦洪水激流，故戰後每逢大雨，便會沖塌大量木屋。

就在重光前一年，日本軍政府也爲免「卅間」的房屋倒塌，下令區內所有居民盡數遷移，故二戰完結前，這裡僅剩頹垣敗瓦，一片荒蕪。

重光之後，適逢中國內戰，數十萬計移民落戶香江，加上不少舊街坊眷戀舊地，故一時之間，這裡人口激增。單計「卅間」至必列者士街「青年會會所」[17]一段街道，便有由柴皮、帆布及木板等搭建的寮屋，數目超過二百。「卅間」原地的舊屋有一部分已無人居住，有人便趁機拆去木板，再兜售圖利，難民亦急於購入木板搭建寮屋，這加速了原有「卅間」面貌的瓦解。

那時候，不少街坊自遠方歸來，貧苦大眾甚多，進佔「卅間」位置搭建寮屋。由於地主、業主也來不及管理業權，就連黑道中人、地方豪強亦未有勒索金錢，難民、街坊便不顧寮屋將有被拆的可能，紛紛前來搭建棲身之所。

16 二次大戰時，日軍於一九四一年十二月八日入侵英屬香港，十日攻破新界南部醉酒灣防線，十三日佔領九龍半島，十八日晚上登陸香港島，香港守軍作出保衛抵抗，然而至二十五日因戰事失利，總督楊慕琦惟有宣告投降。

17 即「香港中華基督教青年會必列者士街會所」，於一九一八年建成啟用。

這些寮屋，極大多數由住民自行興建，較像樣的，斥資百多元建成；若是普通的，耗費二、三十元便可，不論面積大小，都有廳、房、廚，部分還鋪設地磚。至於一些赤貧蟻民，則只有撿拾、拼湊破布鐵片等蓋搭陋室暫住。不過，無論赤貧與小康之家，都彼此綿密連繫，若有失火，勢必一發不可收拾。

戰後，皇仁書院頓成貧民窟，校舍內所有木材全被砍伐，用作上百計寮屋的建築材料。

一九四八年十二月初，風高物燥，深冬之風席捲全城。路上行人瑟縮街頭，勉強地在路上行走。日間，居於「卅間」的苦力、小販，悉數離家幹活，留在家中的，大多是老弱婦孺。

當天的皇后大道中，行人多得如擋風屏障，汽車繁忙地穿梭其中。突然，一名衣衫襤褸、身負重傷的男子衝出馬路，失去常性，大發癲狂，不斷掩面驚叫，這時候人們遠望「卅間」的方向，見不斷有火舌及濃煙冒出，似乎有重大事故發生了。

未幾，消防車開抵皇仁書院位置，驚見校舍內外，陷於火海。現場由於全是木屋，旁邊又爲木廠，附近範圍木材也甚多，再加上風勢急勁，灌救形同杯水車薪。遠至九龍半島，仍可見中區煙霧瀰漫。

火災期間，大批街坊齊集荷李活道、擺花街一帶等待消息，一片愁雲慘霧，痛哭流涕者比比皆是。

再過一段時間，大批男子驚悉家園火警，紛紛返回中環，但面對祝融，欲救無從。大量老弱失蹤，家人只能雙手合十，祈求平安。

撲熄大火後，消防員在火場發現一名小童的燒焦遺體，將之安置在鴨巴甸街路旁，讓在場家屬盡快辨認身分。該小童死狀甚慘，無法認領，後來只好由警方傳召黑箱車送往殮房。

這次災難，二百多所寮屋被焚，千多人無家可歸。直至傍晚時分，不少住客歸家始知家園已失，踏入家門，衣物家具盡付一炬，只見積水殘燼，莫不痛哭流涕，需要暫靠政府福利部門及志願團體接濟。

清理災場後，難民為了棲身而無懼再遇大火，又紛紛再搭寮屋。更甚是，毒品賣家竟乘機開設架步，在昔日典重的皇仁書院內公然販毒，警員多次掃蕩不果。後來，當局為了斬草除根，決定收回書院地皮[18]，改建成「已婚警察宿舍」，也加強了區內治安。

◆伊利近街一帶的少年回憶

自上世紀五〇至九〇年代，「卅間」近士丹頓街一帶，設有大量攤販街檔，賣菜、雞蛋、肉類及雜貨等，街上垃圾隨處可見。

城皇街的木檔搭建在梯級上面，基座以特製的木架建構，敷設平台後，再架上大鐵箱，裡面是一切營生的器具。

必列者士街仍有大量舊式四層屋宇，而在狹窄的露台上，當年偶爾會看到主婦撐竹晾曬衣服。至於地舖則長年不開，店主似乎毋用擔心生計問題。

18 一九五〇年於高士威道的皇仁書院新校舍落成。

中學時代，有一段時間我暫居於伊利近街，那時會去荷李活道已婚警察宿舍打籃球。而沿著士丹頓街西行，便會掛念消失了的辦館。

從前辦館門口有大堆玻璃罐，盛載各種餅乾、糖果，畫面豐富。我不會買，嫌它似乎很髒；我只會看，貪其門前熱鬧。這間辦館好像叫「寶源」，舖位放滿酒辦，還有各類零食，目不暇給。

◆警察宿舍籃球場遇小偷

荷李活道已婚警察宿舍附設「少年警訊」會址，那裡的籃球場長年中門大開，歡迎各路英雄砌磋球技。籃球場其實非常簡陋，凹凸不平的石屎地，若籃球正中某幾個落點，按反彈定律未必返回手上，不過卽使運球不太自如，仍不時有人「跟隊」等候，熱鬧非常。

雖是執法人員的居所，但罪惡偶爾也會發生。來打球的人，都會將隨身物品放在籃球架下，明智的不帶現金，愚蠢的攜帶巨款。

記得一次，人在平台觀戰，看見球場中一名男子拿去某人的錢包，疑是小偷作爲，卻見他先將錢包置在暗角，猜想他的詭計是待失物者尋遍不獲放棄離開之後，再施施然拿走錢包。

果然，失物者發現錢包不見了，這名男子還上前安慰，陪著失望的他一起離開球場，心想他還是會窺伺機會，折返回來取錢包吧。

與此同時，除我之外，大概另一「波友」也將狀況看在眼裡。但見這名「波友」有所行動，卻不是挺身而出，而是走向暗角處，似乎要將錢包奪去。

看到這裡，我立刻趕往球場，打算揭發事件。然而，走過那條花崗石梯，直達球場時，那三人都已揚長而去了。

當年沒有幫上忙，我自責不已。

◆「卅間」一帶的前世今生

投身職場後，業餘寄情寫作。在探討中環發展的過程中，認識了「中西區關注組」的羅雅寧女士，記得那次冒昧約談，在擺花街的咖啡店聊了一段長時間，喚回了寄居中環的連串記憶，也有幸聽到羅女士的分享。

她說，在探究荷李活道警察宿舍期間，知悉了城隍廟、皇仁書院及警察宿舍之間的傳承關係，她在鴨巴甸街的天台俯瞰工地的考古過程中，見證銅錢、器物等古物陸續出土，並驗證部分警察宿舍的構築是繼承自皇仁書院的部件。後來，此地成功保留，並活化為元創方，都得力於她及其團隊的貢獻。

◈ 「中央書院」攝於十九世紀末的面貌，原址後來興建「皇仁書院」，今日是「PMQ 元創方」。

事隔十多年，現時偶爾率領學生舊地重遊，除了介紹「卅間」的歷史外，還將街頭巷尾的人情故事娓娓道來。

期望再過數十年，我們的下一代還能觸摸、觀察這兒的一切，建築仍然不倒，故事還有溫度。

從駱克道唐樓窗口往外望

香港「小銀座」的盛衰

記得某一次在公開講座，談到港島的地理概念，我說港島的「崇光百貨」其實位於灣仔，不是銅鑼灣，全場議論紛紛。一名市民說：「『崇光』位於銅鑼灣站上面，怎能說是灣仔呢？」

我這麼說，是因爲我們祖孫一直住在這兒，地址是「灣仔駱克道五二三號三樓」，絕對錯不了。

在我的記憶裡面，這兒是灣仔，不是銅鑼灣。

我們一家居住的唐樓，見證區內翻天覆地的變化。祖母入住的時候，這兒有倉庫；父親長大的歲月，這兒是住宅區；我出生後不久，這兒有日資四大百貨，是人流絡繹不絕的年代。

時至今日，此處彷彿已失去了特色，成爲了一個寂寞之城。

◆渣甸洋行的倉庫

時光倒流八十年。

祖母曾經住在灣仔堅彌地街，上世紀六〇年代遷居至駱克道。根據祖母的回憶，這兒未蓋樓宇前，原是「渣甸洋行」

(Jardine Matheson)的倉庫[1]，佔地遼闊，樹木婆娑。

她說，其中最特別的，莫過於貨倉內有數十棵大榕樹，樹齡估計有過百年或以上，相信渣甸洋行落戶東角後，便在這兒種植，既可讓工人乘涼，又可點綴環境。

後來貨倉業式微，渣甸洋行只保留少許位置作倉址，大部分地皮用作興建唐樓。這時的東角道口，曾經安放一座歷史悠久、瑰麗典雅的石門，人稱「怡和門」。

這座石門，原設於禮頓道及波斯富街交界，是渣甸洋行馬房的大門，朝夕見證紳商仕女乘坐馬車進出，後來地段變賣，怡和門便遷往東角道口，權充倉庫閘門。

「這座『怡和門』，有人說它質樸古雅，有人說它像墓園入口。而渣甸洋行的倉庫，的確有人曾葬身此處。」祖母說。

話說渣甸貨倉內，設有多幢員工宿舍。員工子弟缺乏娛樂，便在倉庫範圍內玩耍，而那些百年大榕樹，正好成為他們捉迷藏的好地方。不過，由於有車輛出入，孩子們都會遵從父母叮囑，玩得謹慎。可是——

某天下午，一輛灰色大貨車，編號「AA七三五二」，奉士多之命前往渣甸貨倉取貨。貨車由張姓司機駕駛，旁邊有一名十五歲小工隨車協助取貨。

1 於一八四一年香港開埠之時，「渣甸洋行」購入香港政府首次拍賣的地皮，翌年將總公司由廣州遷至香港，並更名為「怡和洋行」。

那時，一對表姊妹正在渣甸貨倉的辦公室前嬉戲。

未幾，張姓司機下車取貨，然後前往寫字樓簽領「出閘證」。這時候，那名小工在車上納悶，一時好奇，便開動貨車，豈料難以駕馭，既像「舞龍」，又似「之」字形般在路上橫衝直撞，那對表姊妹察覺狀況，便跑往倉庫另一端的大榕樹下避難。

旁人見狀，心知不妙，尚幸倉庫路闊車少，現場工人盤算著待貨車煞停下來，便拿下小工，平息事件。

真如所料，貨車終於撞向路旁石級，「轟隆」一聲，左前軚爆破，呆在原地不動。

當工人準備上前察看究竟之際，貨車卻突然一百八十度轉向，直衝向那棵百年大榕樹，連帶撞倒躲在那裡的一對表姊妹……

表姊徐有蘭，被車頭及大榕樹夾著，當場

◈ 禮頓道的「怡和門」，攝於約一八八〇年。一九五〇年代遷往東角道，一九七二年再移至上水雙魚河馬會會所入口。

死亡；表妹劉鳳儀，左腳被夾斷，傷勢嚴重。

死者之母，聽見榕樹附近忽然巨響，最初還沒有留意，及後發現女兒慘死，當場搥胸痛哭。徐父在機器廠內得悉巨變，立即昏厥。

其後，渣甸貨倉全面撤出，數十棵榕樹被砍伐，慘劇漸被遺忘了。

人與事隨著時間褪色，城市馬不停蹄地全速發展。駱克道及謝斐道延伸了，從此東西交通暢通無阻。這兒原本打算興建公園，承諾卻沒有兌現。幾年之間，由倉庫搖身一變，成爲石屎森林。

「起公園，要拿錢興建、管理、維修，世界上哪有這種虧本生意？」祖母說。

祖母在一九六八年以港幣二十萬購入駱克道唐樓單位。翻查舊物，當年只有書信一封，記錄買賣雙方名字、售價及交易日期，一切從簡。那時，父親還未成年。

◆駱克道上的龍蛇混雜

父親說，駱克道是龍蛇混雜的地方，有刀光劍影、有黃色架步、有毒品販售，尤其近「修頓球場」[2]那邊，幾乎每天都有罪惡發生。這兒開設大量夜總會、公寓、冰廳及芬蘭浴等，教人聯想「酒鬼」在街上搖晃、各路人馬在唐樓單位匿藏流竄、風塵女子在公寓過著迎送客人的生活，心裡不禁涼了一截。

2　關於「修頓球場」的故事，可參閱本書〈灣仔有個「大笪地」——修頓球場的前世今生〉(p.50)。

「當年，街頭仇殺不斷上映，聞說有人被劈得血流披面、不省人事。後來看報紙，才知道這些人最終傷重死亡。」父親說。

我清楚聽見，爸說的是「這些人」，不是「這個人」。原來九〇年代有《古惑仔》漫畫系列，而更早的七〇年代現實中的灣仔便有惡戰連場。

某天，時間不過下午三時，大概有二十多名中長髮男子盤據在駱克道某間餐廳的門前，似乎有些爭論。未幾，一名青年從人群中突圍，向銅鑼灣方向狂奔，其身後有八至十名男子窮追不捨。大概跑了數十米，他被撲倒，隨即遭刀亂刺。這名青年負傷掙脫後又竭力奔逃，嘗試截乘的士離去，但告失敗，此時那班男子再度追上，他再被利刀多次刺向胸腹，最終失血過多死亡。

這名死者才十八歲。

光天化日下，竟然斗膽抽刀斬人，的確教人心寒。

「除了街頭混戰外，駱克道的毒品及風化問題也很嚴重，公寓堪稱罪惡淵藪。」

曾經有一名女子，租了公寓，然後在報紙上刊登「徵友」廣告，列明會客時間、地點。此後，便不斷有男子出入，同層住客，早已見怪不怪。

某天，一名年約二十歲的男子登門造訪，女子不虞有詐，便開門迎入。

不料，約一個小時後，女子赤裸逃出，衝上其他樓層不斷拍門。街坊見其裸身，大驚，閉門不納。後來，由看更代爲報警，該女子稱遭人「劫財劫色」，不過恐怕其中別有內情。

「公寓的確雜亂無章，只要付得起錢，便可以在裡面爲所欲爲。」

一對租住公寓的男女，在房中發出痛苦呻吟，剛好管房巡邏經過，便拍門查問究竟，惟無人回應。管房報警求助之際，這對男女突然由房間奔出，剛好被巡警截獲，後來證實二人曾吸食毒品，導致神經錯亂。

一批中年男人，在公寓放映小電影，吸引超過二十名觀眾參與。結果，架步被破獲，職員、觀眾全被帶返警署，放映器材全被充公。

「這兒逐步商業化也是好事啊，起碼整個地區變得高檔了，流氓、盜賊及妓女逐步離去，否則晚上眞的不敢出入呢。」

◆崇光附近一帶的變遷起落

爸爸說，自「海底隧道」通車[3]後，城市化迅速向東發展，銅鑼灣成爲商業、消費新興地帶。除了日資百貨公司「大丸」、「松阪屋」及「三越」先後落戶銅鑼灣，其中最明顯不過的，便是唐樓被收購，然後改建成高樓大廈。崇光百貨的原址本是唐樓，地舖是「香港百貨」，後來成爲「小銀座」[4]的最後一塊拼圖。

還記得當年晚上吃過飯後，只需不足二十秒的步程，橫跨一條窄馬路，便可進入傳說中的日

3—關於「海底隧道」的故事，可參閱本書〈海底隧道爆炸之謎——拆彈專家至今未解案〉(p.164)。

4—四大日資百貨公司——大丸（一九六〇—一九九八）、松坂屋（一九七八—一九九五）、三越（一九八一—二〇〇六）、崇光（一九八五—）曾先後落戶於銅鑼灣，令這裡有「小銀座」之稱。

本百貨公司，預備見識日本玩具的吸引力。踏上行人電梯，大概因爲我的個子還很小，好像進入了大人國，心中既緊張又期待，至今難忘。

當年流行超合金玩具，有日本、南韓及中國製，日本製的質量最好，也最貴，當晚便買了一盒「六神合體」，盛惠二百多元。《六神合體》是那個年代最受歡迎的卡通片，這盒玩具一套六個機械人，可以合體成爲一個威力更強的機械人。購入後，眞的愛不釋手，連洗澡也要伴隨左右。

每天在家中近望崇光，日復一日，見證了路上翻天覆地的變化。

上世紀八〇年代的駱克道，還沒有雙黃線，車流稀少，印象中橫過馬路時毋須左右張望，校巴還可以在樓下停留。地舖全是小店，五金、粥麵、衣飾、皮具及飯店等，絕無任何金舖或藥房，與「沙士」[5]後的面貌有天淵之別。

舉頭仰望，唐樓全是鐵窗，玻璃虛弱地依附其上；外牆招牌高掛，懸空佔據了半條街道。

說到唐樓，當然要爬樓梯。從前，舊居地面有一個樓梯檔，母女賣絲襪。二樓以上，一層兩伙。二樓住有一家五口，也是一間鞋舖，家庭式經營，由設計、繪圖、裁布及縫紉等，一手包辦。這個唐樓單位，推門而入，左右兩邊的櫥窗內放有各式鞋款，盡入眼簾，客廳是做生意的地方。每天開店直至傍晚六時休息，入夜後回復尋常人家的生活。

我家面積寬敞，有兩個廳，面向駱克道的位置劃成一間大房，讓我和祖母同睡。家中的地磚

5 二〇〇二年十一月初，於中國內地廣東發現一種俗稱「沙士」（SARS, Severe Acute Respiratory Syndrome）的「非典型肺炎」，至二〇〇三年初擴散至香港。

綠白相間，大門有巨木攔著，保障安全。由大門至廚房，有一段頗遠的距離。由窗望向街外，可見銅鑼灣地鐵站出口，每逢傍晚六時左右，便見父親從樓梯內冒出來。

初小搬離之後，這裡急速發展，區內的戲院——「碧麗宮」（一九七九—一九九四）、「翡翠」（一九六九—二〇一八）、「明珠」（一九七一—二〇一八），然後「怡東酒店」（一九七三—二〇一九），先後落幕，「黃金」（一九八七—）及「時代廣場」（一九九四—）曾經叱吒一時，現漸見衰落。

駱克道的唐樓群業權複雜，大財團始終無法收購重建，故今日舊居仍然屹立不倒。不過，其命運卻像大多數的同區唐樓，唐二、三樓大多已改爲商舖，石屎露台都改建加設玻璃窗，守望著大時代的香港。

關於利希慎家族

利園山的風雲往事

似乎現今的一代人都不太曉得「利園山」。

利園山是一個風雲地，華洋紳商、港督、大儒、將軍、詩人及女侍等，均曾在這兒留下歷史痕跡。上一代人認識「興利中心」，現今一代知道「希慎廣場」，但不少人都不知道這兒曾是一座山頭。

祖母說，從前利園山位於海旁，居高臨下，遙望維多利亞港，戰艦、漁船及舢舨，穿梭其中。對岸整個九龍南部，除尖沙咀一帶，大多荒蕪。想不到數十年之間，利園山已夷爲平地，這兒由近郊變成住宅區，再搖身一變，成爲娛樂、消費地段，見證滄海桑田。

◆利希慎與利園山

翻閱祖輩留下的大堆書本、剪報，其中一批資料是關於利園山。

利園山，初稱「東角山」。在港英政府第一次賣地（一八四一年）時，由「渣甸洋行」（Jardine Matheson）購入山頭，設置總辦事處，作爲雄踞香港的根據地。這兒曾有兩棟辦公樓，西面是總經理的寓所，東面則是副經理的寓所，時人分別稱之爲「大班行」、「二班行」，又稱「冧把溫」、「冧把吐」。

那時，東角山的正門位於禮頓道及波斯富街交界，沿斜路可直達，路上可欣賞奇花異卉，尤其「二班行」外的連理榕，最有特色。山中又遍植杜鵑，置身其中，猶如寄居森林，屬港島難得的一個綠色空間。

開埠初年，香港尚無冰廠，渣甸洋行的大班為了消暑，特別越洋購入冰塊，上岸後立即運往山洞內備用。

後來，渣甸轉手地皮，由華商利希慎購入山頭（一九二三年），這處遂更名為「利園山」。祖母說，利希慎原本打算在山頭種植鴉片，惟其後全球下達禁令，無法如願，於是夷平了南面，興建房屋。

◆利希慎與香港大學中文系

利希慎（一八七九—一九二八）在生期間，利園山曾一度成為政商文化的核心。

約一百年前，中國的「新文化運動」（一九一五—一九二三）正蓬勃發展，西方思想、白話文的提倡席捲全國，著名文學家魯迅更曾於一九二七年南下香港，在上環「中華基督教青年會」連續兩天發表演說，題目分別為《無聲的中國》及《老調子已經唱完》，大力撻伐中國傳統封建文化及古文。

不過，在時代的洪流趨向摩登之際，另一邊廂，一班前清遺老則打算在香港重整旗鼓，讓「香港大學」正式成立「中文學院」，以倡導傳統古文化，還發動籌款活動，邀請香港政商要人雲集利園山討論大事。

「此宴會之緣起，因前者賴太史為本港大學堂添設漢文班，曾往南洋勸捐……又往請港督金文泰……此歡讌實柬邀五十人之多。」

當時的港督金文泰（Sir Cecil Clementi），能作詩，也會說粵語；而利園山主人利希慎鍾情中國傳統文化，因此樂意借出場地宴請紳商。當晚赴會者，華人包括周壽臣、羅旭龢、李右泉、馮平山、曹善允及李子方等；洋人大班則來自渣甸洋行、太古洋行及於仁行等。最後，籌得了港幣二十萬，成功創立「香港大學中文系」。

◆利希慎與致命的鴉片生意

不過，在這次宴會後一年，利希慎卻遭人暗殺。我憶起祖母講過這一段故事——

利希慎的父親利良奕，是第一代前往美國舊金山的華工，十九世紀末期經商致富，再回香港大展拳腳，在中環設立「禮昌隆」公司，在澳門另有「裕成」公司，後者經營鴉片生意。

子承父業後，利希慎繼續壯大自己的實力，一九二三年成立「利希慎置業有限公司」，翌年從渣甸手上購入東角山，打算一石二鳥——用移山得來的土地，興建四百多幢住宅；而移山得來的泥土，則賣給港英政府用以填海。

然而，在落實鴻圖大計前，其家族之澳門生意卻發生巨變。

當時，澳葡政府必須履行「萬國禁煙會」的條約[1]，限制鴉片販賣，導致利希慎的生意損失慘重。可是利希慎卻收到線報，指澳葡政府管理專員羅保（Pedro Lobo）不僅沒有停止鴉片買賣，還打算將專賣權轉交另一公司，於是利希慎立即致函澳葡政府，抗議此安排極不合理。

想必然是利希慎的抗議觸動了某些人的利益，未幾，有匿名人士向他發恐嚇信，揚言將會在其長子利銘澤的婚禮上發動炸彈襲擊。然而，他不以為然，除了外出帶備佩槍傍身外，生活一切如常。

一九二八年四月三十日，利希慎伉儷一如往常到上環，利夫人先去「永安百貨」購物，利希慎則獨自前往律師樓、銀行等處所辦理私務，再前往九如坊午膳。

當年，進入九如坊，可經由中環威靈頓街一九六號旁邊的冷巷到達。利希慎深入窄巷後，突然聽到一聲巨響，初時以為有人燒炮仗，未幾一發子彈朝他背部直入，正中左胸。利氏回顧一望，不知哪裡再傳來三響槍聲，除胸部再次中彈外，另外兩發穿透背部，射偏了的彈頭則深陷牆壁，泥粉徐徐而下。

利希慎中彈後，神志仍然清醒之際，勉強以右手扶著欄杆，不斷狂呼「救命」。然而不夠一分鐘，便伏地暈倒。

利氏一手握拳，一手放開，雙眼緊閉，兇手確認他必死無疑後，瞬即急跑離去。

1 「萬國禁煙會」是國際性禁毒會議，於一九〇九年在上海召開，雲集中、美、英、法、德、俄、日、意等十三個國家，促成了一九一二年訂出的國際禁毒公約《海牙鴉片公約》。

當發出第一聲槍響時，身在九如坊的名流鄉紳、侍役等，立即察看究竟，其中有人記得兇手穿白褲，卻不見其容貌。

兇手逃逸後，有人欲救利希慎，惟上前觸摸，其身體已涼，遂立即大鳴警笛求救。其中一名侍役見狀，立即急赴上環永安尋找利夫人。

當利夫人黃蘭芳目睹丈夫遺體，即時昏厥，由救傷車送返利家大宅。利希慎之二妾、四妾及媳婦隨後抵達現場，但警方為免三人嚇暈，遂禁止進入，力勸離開。

利希慎終年四十九歲，遺下一妻三妾七子五女。

面對龐大債務，遺孀黃蘭芳一度主張變賣地皮解決困難，不過時年二十三歲的長子利銘澤卻勸說母親保留地皮，在不變賣產業下捱過財政危機，通過收取租金，逐步還債。

◆利園遊樂場與一代女侍之死

由於發生巨變，利園山的移山工程一直陷於停頓，但山上的風流韻事不輟，例如一代女侍「細玉」的愛情悲劇。

這位女侍原名梁平。早年由於家貧，自十二歲便輟學，任職於「利園遊樂場」，未幾成為當紅人物之一。細玉面容可愛，舉止閒雅，談吐大方，不少男兒拜倒其裙下，名震香江。

可惜，紅顏命薄。

一天，細玉下班後，便上床休息，至翌日早上仍未起床。到了日中時分，其妹入房取物，驚見姊姊口流白沫，立卽電召十字車送院，揭發其服用過多安眠藥，最終失救死亡。

事後，記者獲准進入細玉的睡房採訪，見其案頭有阮玲玉的半身照片，可想而知——阮玲玉感懷身世，認爲人言可畏，故服毒身亡；而細玉大概也遭遇困厄，步其後塵。

祖輩留下的一批剪報，其中一份是女侍細玉的自殺報道，其中也刊登了她的遺書內容，原文是這樣的：

「我親愛的母親呀，我現死了，你千萬不可恨我，千萬不可傷心，我是一不孝到極的女兒，而我這次自殺，不是為著他，你們千萬不要賴他，這是我想了許久的事。祝你們幸福、快樂。不孝女上。」

經過調查後，原來細玉之母爲了金錢，未得女兒同意，爲她答允了婚事。細玉在鬱鬱寡歡下，決定服毒自殺，終年僅二十歲。

細玉死後，每年都有人特意拜祭，可見城中有人對她念念不忘，一代女侍的確具有魅力。

◆利園山與一代「南天王」的不堪往事

除了愛情悲劇外，一名落泊將軍曾經寄居利園山。

話說二次大戰前夕，國民政府「南天王」陳濟棠，表面斥責國民政府元首蔣介石抗日無力，實質策動政變奪權。陳濟棠暗中收購中共蘇區的礦砂，然後運往香港變賣，協助紅軍解決經濟封鎖的困難。其兄陳維周又偷運鎢砂，寄存在香港的貨倉，務求撈一大筆。

陳濟棠表面反日，對內卻鎮壓抗議日本侵華的學生遊行，甚至以鋤奸名義，開槍傷斃學生、市民多人，令人咋舌。

後來，陳濟棠聯同其他將領策動「兩廣事變」[2]，失敗後惟有辭官，先旅居港島半山麥當奴道十三號，後以十三不祥兼感染疾病，常覺忽寒忽熱，遂遷往利園山暫居。

身在利園山的陳濟棠，身穿白長衫、布鞋及白襪，完全失去昔日風采，在車上頻頻以短巾拭汗，面色枯黃，滿臉病容。加上抑鬱成疾，需要服用安眠藥入睡。

一代「南天王」，在利園山留下了頹唐潦倒的一面。

◆利園山與觀音大士

利園山的原來範圍——東接渣甸街，南至禮頓道，西連利園山道，北抵軒尼詩道。

二戰後，利氏家族繼續移山工程，祖母目睹山坡一天一天變矮，工人不斷將泥石由地盤運走。整個山頭卽將變天，新時代卽將來臨。

2——一九三六年六月至九月，中國國民黨的地方政治派系——廣東粵系的陳濟棠及廣西新桂系的李宗仁、白崇禧，以抗日之名對國民中央政府企圖發動政變。

當時的利園山，北面已非維港，此處早由近郊變成住宅區，由於香港人口於二戰後激增，夷平山頭興建房屋，也是理所當然。

一九五二年，利園山開墾的過程中，爆石工人忽然掘出觀音像。消息傳出後，全港市民嘖嘖稱奇，紛紛不遠千里，爭取一睹「觀音大士」的廬山眞面貌。

利園山道及渣甸街原本各有一條登山小路，可前往利園山頂參拜神明，然而由於移山工程，兩條小路均已損毀，不過善信依然不怕崎嶇，登山隊伍蜿蜒數百米，可謂不見觀音，誓不罷休。

觀音像前，善信燃點香燭冥鏹，俯伏參拜，念念有詞，祈求神靈庇祐。一些投機小販，乘勢撈一大筆，不僅擺賣香燭等物，更吹噓觀音神力，只要大灑金錢，購買祭品，無論是求財、求子、求治病或求轉運等，一律應允。

由於參拜善信人流不輟，不僅阻礙移山工程，爆破亦容易發生危險，故工人分別站於登山路上懸掛紅旗示意勿進，禁止善信前往拜神，惟人數太多，無論如何禁止、勸止，皆不得要領。

而那些「神棍」爲了爭奪地盤生意，首先口角，繼而動武。爭奪生意的有兩批人，其中一批人不敵，被逐出利園山。由於心有不甘，事後又折返，向觀音像投擲石塊，擊毀其頭部，務求一拍兩散。

從此，「觀音大士」變成了「無頭觀音」。

利氏家族爲免夜長夢多，遂決定將觀音像撤離利園山。

某天，一個女人率領一個喃嘸先生、幾個木工及苦力，登上利園山。先由喃嘸先生唸一段話，然後苦力掘開觀音像下的泥石，再由木工構築一座大型木架，將觀音像上載貨車，再運往沙田「萬佛寺」安放。

爲甚麼利氏家族敢於挪動觀音像？

原來那尊被運走的觀音像，原屬於利園山片場的道具，只是電影拍攝完畢後，片商卻沒有作出清理。多年來，觀音像備受冷落，直至製片場關門大吉後，仍未有人處理遺下的道具。及後利園山進行移山工程，期間工人忽然發現神像，以訛傳訛之下，變成了神話傳說，吸引港九新界市民前來膜拜，神棍則趁機撈一筆，實在是意料之外。

◆利園山與三越百貨

上世紀五〇年代，利園山的移山工程已全部完成。夷平的山頭，敷設的街道，留著歷史的痕跡——最先通車的，是利園山道；爲紀念利希慎伉儷而設的，是希慎道和蘭芳道；爲表彰新會先賢梁啟超、陳白沙而設的，有啟超道及白沙道；另有四邑——新會道、新寧道、開平道和恩平道。

不過，此後二十多年，近軒尼詩道的位置，尚有部分利園山的泥石未被移除，一片珍貴的地段一直未有發展，利氏家族長期只在面向軒尼詩道的一邊利園山舊址豎立廣告板，以賺取收益。

根據利希慎之孫女利德蕙的說法，由於家族「從未急於使用這塊土地」，故一直按兵不動。事實上，香港經濟急速發展，地價迅速攀升，利氏家族是看好了這片地皮的前景，期望可以善價而沽，故一直不作發展。如果細心考究舊照便可印證此說法，一九七〇年代利園山故址面向軒尼詩道就只有一間滙豐銀行，除此之外，已無他店。

一九七八年，利氏家族應港府要求發展這塊空地。經過研究之後，利氏決定自行發展。一九八〇年，「興利中心」動工，翌年落成，「三越百貨」長駐其中，與「大丸」、「崇光」及「松阪屋」並稱「四大日資百貨」，人稱銅鑼灣爲「小銀座」[3]。

四大百貨中，三越的空間最寬敞，租用了興利中心四層舖面。由軒尼詩道經過玻璃幕牆走入三越，乘坐當年商場較少設有的電梯，由地面緩緩抵達地庫，一股新鮮出爐的麵包便會撲鼻而來，這種今日大型商場依然沿用的絕招，大概都是承襲自三越的做法。

3 關於銅鑼灣「小銀座」的故事，可參閱本書〈從駱克道唐樓窗口往外望——香港「小銀座」的盛衰〉(p.23)。

◈ 一九五〇年代的利園山道，左方尚可見仍未夷平的山丘。

可惜，九七主權移交後，日資百貨逐一撤出。二〇〇六年九月十七日，三越百貨管理層親臨舖面，向在場市民鞠躬，作出結業前的最後道謝，象徵「小銀座」時代的結束。

二〇一二年，原址改建成「希慎廣場」。

現今每逢乘坐希慎廣場的電梯，經商場的落地玻璃窗俯瞰軒尼詩道，便會聯想起昔日利園山的巍峩面貌，這裡的風流人物如何經歷大時代的轉變，而至今這裡則成爲了小市民流連購物的地方。

高處不勝寒

摩理臣山的亂葬崗、殯儀館、刺殺案

凌晨時分，每當醒來，看見門縫仍有亮光，便肯定祖母和父親依然未睡。刮痧是他們母子聯絡感情的方式之一。祖母向父親的背脊澆上白花油，然後拿起豉油碟，使勁的一下又一下刮下去，父親的背上留下一道又一道的深紅軌跡。

「紅，才好啊，火都出來了！」祖母說望著父親的背脊，自豪的說，然後，「你要不要也來刮一下？」她拿著豉油碟望向我，一臉慈祥、慫恿的面容。

我要手拒絕，怕痛。看到父親背脊上的紅痕，我跟他們說，只聯想到兒時身上的藤條印——當年我就讀的幼稚園，在灣仔愛群道。那天剛巧是萬聖節，放學的時候，大夥兒在等校巴，同學們在乖乖地等車，我卻裝神扮鬼，還嚇得一個同學受驚大哭。回家之後，當日下午，老師來電。即晚，爸爸親手炮製「藤條燜豬肉」，我哭了……

祖母聽見我憶起愛群道的往事，便說：「摩利臣山本來就猛鬼！有亂葬崗、殯儀館、刺殺案，你不能亂講話，半夜會有鬼來找上門啊！」

時值凌晨，聽了祖母如此說，心裡不禁一顫，不過她還是繼續，一邊刮，一邊講……

◆二戰亡魂在山頭

「摩理臣山原本在海邊，後來移山填海，這個山頭早已非原來面貌了。政府說過要移山，不過由於石質過硬，工程持續了許多年，都還只是削平了山頭而已。大概在你爸出生的時候，發生了驚天動地的事件。」

「甚麼事？」我好奇的問。

「那兒掘出了數十副骸骨。」祖母冷靜的說。

聽到這裡，原本睡眼惺忪的我，已無法再度入睡了。腦海隨著祖母的回憶，呈現出畫面——

遺骨掘出那天，有人繪形繪聲地描述內情，彷彿親歷其境，指出二戰時港英政府投降前數天，印兵被衆多日軍包圍，迫不得已繳械，任由處置。然而，日軍卻俟機開槍射殺，全隊無一倖免，之後屍體草草被葬於摩理臣山。直至港府開鑿山頭，日軍暴行的證據，終於展現人前。

當年的驚世發現，吸引了大批休班工人，也有附近的街坊圍觀，衆多人之中，其中一名老婦梁四，神色最凝重，被中外記者看在眼裡，於是紛紛上前訪問。

梁四即場憶述戰時的記憶……

港府投降前夕，日軍已佔九龍，不斷用飛機大炮瘋狂空襲港島。那時，摩理臣山有幾個防空洞，街坊將之視爲「安全區」，每天避難人數特多。當局在山邊開設臨時米飯站，供躲在避難洞中、無法買到米糧的居民輪流領取。

可是，原來這兒才是最危險的地方。

日軍專門看準人群密集的位置進行空襲，領取米糧的人走避不及，便在槍林彈雨下伏屍摩理臣山。

有些死難者見頭不見身，有些血肉模糊不能辨，肉塊疊起猶如土丘。當時梁四的女兒不見了，她拚命的找，不料就在屍堆中找到了女兒的小腿……

梁四頓時哭得死去活來，伴屍三天不願離開。

禍不單行，其後梁四的丈夫、親妹及三名兒子都被炸死。

經歷連串打擊後，梁四變得瘋癲，很多原居民都抵受不住傷痛，逐一離開了摩理臣山，而她卻不願離開親人的遺骨，一直住在山頭，每年清明、重陽都向死者致祭，直至香港重光。

和平後第三年，摩理臣山逐步削平，工程期間掘出不少亡者枯骨，梁四從陪葬品中找到了妹妹的一雙玉鐲，再次哭得死去活來，不過這次再沒有眼淚，大概是流乾了。

梁四的經歷並非孤證，一位歐籍的助護也是其中一位目擊者。

那時，這位助護居於灣仔峽道，遠眺摩理臣山。

一九四一年十二月二十日，她看到山上有一條長長的隊伍正在輪候食物，即使空襲來到，這條隊伍也維持陣形，沒有任何瓦解動搖的跡象。

日本軍機向地面掃射，摩理臣山上的居民先後中槍倒下、身亡，但意想不到的是，每逢槍聲一過，隊形便會回復原狀，如是者最少三次。

唯一可以解釋的是，摩理臣山的居民已陷入饑荒之中，即使喪命也在所不計。港英政府其後化驗摩理臣山掘出的遺骨，證實有三十二副，全是華人。後來，這些遺骨大都葬於公墓。

說到這裡，祖母放下豉油碟，輪到父親爲祖母刮痧。那刻，我還在想像著槍林彈雨下的摩理臣山，堆滿遺骸的山嶺是甚麼樣子。

◆暗殺命案在山腳

「除了亂葬崗外，這兒還發生過駭人聽聞的暗殺事件。」父親開口說。

「都是在摩理臣山嗎？」我問。

「在山腳，即今日的『集成中心』。戰後初年，有一位將軍被暗殺，驚動香港政府……」

國共內戰到達尾聲的時候，大量國民黨將軍、士兵及其家眷南下香港，其中楊杰將軍由昆明來港，旅居摩理臣山腳下，他的行蹤詭秘，深居簡出。

某天晚上，楊杰穿著白線內衣、白色短褲，足踢拖鞋，手戴鋼錶，由於體態極胖，面大頸粗，深坐藤椅之中，顯得特別侷促。

忽然，兩名男子拿著電風扇造訪，表示電器經已修好，讓住客接收。女傭不虞有詐，先報知楊杰將軍，然後開門迎入。

進屋後，兩名男子竟直向陽台進發，其中一名向楊杰呈上信件，楊以爲內容機密，埋首細讀，不料，這時候另一名男子在懷內抽出手槍，即時連開兩發，一槍向楊杰後腦耳旁射入，直穿面頰，右入左出。接著，男子冷靜地向其頸項再補一槍，由於火力極猛，楊杰瞬即攤坐椅子中，當場死亡，頭部、左手垂於椅外。

剎那間，鮮血由傷口不斷流出，沾滿了白色衣褲，再流向地上。

整個暗殺過程僅數分鐘。穿上西服的兩名刺客，槍法奇準，楊杰中彈亦無掙扎，想必爲買兇殺人。

當時，灣仔道二一六號便是「香港殯儀館」，而楊杰的住所就在旁邊，不禁令人更爲心驚。

「不過，最弔詭的不僅如此。」

「甚麼？」

「現在已經沒有灣仔道二一六號了。」

「爲甚麼？」

「香港殯儀館遷至北角後，灣仔這個舖位大概沒有人敢去承租，殯儀館原本位於摩理臣山之上，後來底部的石頭被削，改建成籃球場，自此灣仔道二一六號便消失得無影無蹤了。」

「摩理臣山上不是有人居住嗎？削平山頭之後，那些居民怎麼辦？」

◆住在崖邊的驚險生活

摩理臣山的一班原居民，經歷戰時空襲、日佔蹂躪後，大部分留住原地，自行在山頭搭建寮屋居住，有超過一百五十棟，居民人數逾八百，婦孺佔了一半以上，大多是貧苦大衆，全村依賴一條水喉維持生活。而移山的工人，大多是摩理臣山的原居民，當年港府及工程公司都默許工人留居山頭。

摩理臣山的原居民在山頂搭建寮屋，但位處山崖危險，所以他們都注意避免在山邊搭屋，盡量預留大概兩丈的距離，免得房屋突然吹翻倒塌。

◈ 攝於一九二二年，照片中的摩理臣山估計是面向海旁的一邊，路面估計為今日的軒尼詩道，右上隱約可見屋宇。

大概到了一九五七年，摩理臣山的頂部差不多削平了，網狀的馬路逐漸在山頭出現，負責移山的「馬士文工程公司」遂移師至山腳。後來，山腳也削去了，原本山頂與山腳之間是斜坡，至此變成了斷崖，寮屋與山邊只剩下兩呎距離，一旦再多削的話，椿腳缺乏支撐便會倒塌。

一九五九年的雨季，削山的連環爆破震鬆了山邊泥石，兩間寮屋在夜間突然倒塌，三名婦孺身陷險境，其中一名半掛懸崖，差點喪命。

今日集成中心旁邊的籃球場，那幅白色牆壁便是最好的證明。牆壁的頂點位於灣仔道，底部則位於軒尼詩道，垂直的牆壁便是人造斷崖，若由高處墮下，相當危險。

其實到了這個時候，既是原居民也是移山工人的利用價值，大概已完結了，於是，馬士文公司指控原居民霸佔官地，要求在限期內自行遷離，形同趕盡殺絕。

原居民無力搬家，哀求通融，後來這批原居民獲港英政府恩恤，安排遷往黃大仙及柴灣的徙置大廈。

「一九六〇年代，港府原本打算興建跨海大橋，摩理臣山是港島段的落點，其後計劃煞停，預留的地段則先後興建了學校及文康設施，其中便包括了你就讀的幼稚園。」父親說。

當晚的話，我記在心內多時。

後來，翻閱英國殖民地部文件，原來港英政府早於一九一〇年代便打算夷平摩理臣山，並延長灣仔克街，穿過摩理臣山連接黃泥涌。同時，移山得來的泥石，將會用於塡海用途。不過，由於摩理臣山的泥石異常堅硬，導致移山工程拖拉數十年，直至一九六〇年代才勉強削平，可算是動工時間最長的基建工程之一。

現時，每逢經過灣仔集成中心旁邊的籃球場，都會記起當晚跟祖母和老爸驚心動魄的對話。

◈ 一九三九年灣仔道及摩理臣山道交界。照片中的山頭後來削平興建房屋。

灣仔有個「大笪地」

修頓球場的前世今生

修頓（Wilfrid Thomas Southorn）在二戰前（即一九二六—一九三六年間）曾出任香港輔政司兼行政、立法局官守議員，並多次署任港督。當年修頓伉儷關注香港遊樂場地不足的問題，在其極力爭取之下，一九三四年港府正式將灣仔新塡海區的其中一片空地闢爲文娛康樂用途，就是著名的「修頓球場」（正名是「修頓遊樂場」）。無論今昔，這片「波地」匯聚了各路精英，在此決一高下。

而我呢，不可能是精英，但偶爾會來打籃球。修頓球場的戶外籃球框，面向軒尼詩道、莊士敦道的兩邊似乎較矮，其他則較高，若果當天吃不飽，要射進一球三分實在是非常吃力，就是走籃也要多費一點專注力，才能將球擦板落入框中。對我來說，這兒的球手水準較高，若非有朋友邀約，自己都避免上場獻醜。

有一次，探望住在灣仔的祖母，然後打算順道去修頓打籃球。那天穿了一身運動裝束，以省掉更衣時間，可以直接落場，祖母見我如此打扮，便問：

「你去打波呀？」

「係啊，去修頓。」

「『大笪地』？你去『大笪地』打波？」

「阿嫲，我係去修頓，唔係去『大笪地』。」

「咩啊，修頓咪係『大笪地』囉！」

聽到祖母這麼說，初時有點擔心，畢竟她年事已高，懷疑她會不會記憶開始衰退？於是，我再問：「你話修頓係『大笪地』，係幾多年前嘅事啊？」

「我落嚟香港嗰陣已經係啦！聽聞呢個地方未叫『修頓』嗰陣，曾經搞過反日本仔嘅集會嗏啊！」

◆二戰時期反日集會

祖母說，當年「九一八事變」[1]發生，揭開日本侵華的序幕，國民政府將九月十八日定爲「國恥日」，號召全國各地於二十三日下半旗誌哀。卽使當年香港屬於英國殖民地，各大商號仍決定應和，以表達憤怒。有居民約定晚上七時，齊集當年這片仍未命名「修頓」的空地，進行反日集會。

當晚集會人數多達三千，聲勢浩大。民衆想到，既然未能披甲出征，便以針對日本商店之行爲來發洩不忿。於是，他們前往莊士敦道，分別向八間日本商店投擲石塊。

1　一九三一年九月十八日，中國東北地區由日本修築的南滿鐵路柳條溝一段鐵橋遭炸毀，日軍遂以此為由侵佔瀋陽，至一九三二年三月一日，在東北建立傀儡政權滿洲國。

當年灣仔警署尚在灣仔道及莊士敦道交界，警方聞訊立卽向西抵達現場作出制止。另一邊廂，中區警署收到報案後，亦火速趕赴案發現場。

眼見左右包抄，涉事者遂立卽散去，警方現場只拘捕了一、兩人，大概十時左右，灣仔回復寧靜。

然而，灣仔有部分日本僑民卻氣燄囂張，居然張燈結綵，公開慶祝日軍旗開得勝，多名身穿黃色短褲的日本人，一度嘲諷香港居民爲「亡國人」，被嘲的香港居民本來不作理會，欲轉身便去，怎料日本人竟上前毆打生事，附近居民見狀，立卽群情洶湧，騷動一觸卽發。

「等我一陣。」祖母忽然說。

「哦。」我一臉疑惑。

良久，祖母拿出一份舊剪報，部分紙質已被蛀爛，但重要的資訊仍清晰可辨。報章上，指出大部分日本人開設的商鋪，都位於莊士敦道，包括：「本田洋行」（三十六號）、「森德商店」（五十四號）、「飯田時計店」（五十六號）、「伊藤商店」（六十號）、「佐伯理髮店」（六十二號）、「石本時計店」（六十四號）、「山川洋食店」（七十號）、「堀內書籍店」（八十四號）、「高柳鞋店」（九十二號）及「渡邊洋行」（九十四號）等，其中的「山川洋食店」的損毀最嚴重。

「山川洋食店，一睇個名就知係日本仔開嘅啦。但係，當時裡面大部分食客都係英國、美國嘅水手，差啲殺錯良民啊。」

「咁啲英國、美國水手點算？」

「佢哋食食吓嘢突然畀人用石頭掟，當然想還擊啦。不過，一出門口就見到咁多香港市民，自己得一對手，梗係即刻走佬啦。」

祖母說，香港淪陷前，不少日本軍官喬裝商人，在灣仔開設商舖，實質刺探敵情，淪陷期間，瞬即回復軍官身分。香港重光後，這批人全數消失，否則大概不能活命了。

◆二戰後成為「大笪地」

二次大戰後，大量中國難民移居香港，灣仔的人口激增，於是修頓的位置成爲了「大笪地」。

「我以爲只有上環才有『大笪地』。」

「灣仔修頓都係啊。」

「點解修頓會變成『大笪地』呢？」

「因爲呢度有一大片空地啊，有好多攤檔可以擺賣，有好多節目可以舉行，有好多事情可以發生，由於包羅萬象，所以呢度就叫『大笪地』喇。」

我拿出手機 Google 一下修頓的相關資料，原來這裡曾經是「大笪地」……

由於祖母長年居於灣仔，在好奇心的驅使下，便「打爛沙盤璺到冧」，希望知道更多故事。

「呢度眞係乜都有㗎！」

修頓內外的攤販，沒有一百，也有數十，這些小販雖然沒有牌照，但排列得倒算整齊，原因都是爲了方便業務，如果擺得歪斜或堵塞通道，自然影響人流及生意，最緊要留下一條大路，大家齊齊賺錢，這就是所謂的「秩序」了。

「修頓南北兩面，眞係各有風景，靠軒尼詩道嘅一邊，有好多『講古』檔口；靠莊士頓道嘅一面，就有好多小食檔。」

祖母說，豆腐花最好賣。一個晚上，小販賣三大桶。此外，田螺、魷魚，也是街坊的心頭好，三毫一碟田螺、三毫一碗燒鵝飯，可謂價廉物美。當然，這兒也有來歷不明、不合衛生的食物，吃了輕則上吐下瀉，重則要送院留醫，光顧哪一檔食物較安全，便要靠眼光和經驗了。

「講古佬」很懂得營運之道，整晚滔滔不絕，每當話到引人入勝之處，立即打住，然後差遣助手拿出盤子，讓在場聽衆隨緣樂助：「今晚皮費又要大家幫補吓啦，只要湊夠數，我哋就會繼續講㗎啦！」錢收夠後，講古佬又繼續講故事，口才實在太重要了。

灣仔的「算命佬」也多，有占卦的、有看面相的，白天在區內的大街小巷擺檔，晚上紛紛進駐修頓，擺一盞油燈，放一張摺枱，拿著紙扇等待客人。

最特別的是有醫科類的檔攤，眼科、牙科、內科及外科等；也有各行各業，包括藥攤、跌打，亦有雜貨檔，應有盡有。

有些見不得光的業務，也在這兒進行。場內東西兩端，一些沒有燈光照明之處，是「人肉市場」。當談好了價錢後，客人便在專人帶領下，進入莊士敦道樓宇內，享受片刻歡愉。這樣一往一來，有多少黑幫操控？多少悲慘故事？實在只有當事人知曉。

「這個『大笪地』，只可以喺灣仔出現，其他地方冇可能做到。」

「點解？」

「試問中環又點可以容納市井流氓呢？」

◆平民的經濟食堂

祖母又說，晚上的修頓，是一個消費場所；日間的修頓，則是一個救濟貧窮的地方。她又拿出了一張舊照，指出盧押道及莊士頓道交界位置，有一座單層建築。她說，這座建築便是港府設立的「經濟食堂」，戰後物價飛漲，普羅大眾不得溫飽，於是這兒便向窮人提供廉價糧食。

大碟牛肉飯，只售七毫，奉送清茶。由於「抵食夾大件」，受到市民歡迎，早期也賣公價豬肉、牛肉，不過後來食品價格逐漸穩定，修頓的經濟食堂也逐漸失去顧客，政府便將之拆卸了。

◆孩子的遊樂場所

修頓原本是一塊空地，後來港府可能覺得這樣太浪費，便劃了足球場及徑賽跑道。大概於上世紀五〇年代，這兒興建了一座「福利大廈」（即「紀念殉戰烈士福利會」），設有香港第一個室內體育館，戶外是小朋友最喜歡的遊樂場，雖然只設幾個鞦韆，但每當放學、周末、周日及公衆假期，都有數百名孩子在輪候。

「你爸也是其中之一！」

她說，近福利大廈入口，還有一個「馬騮架」，這個架比一層樓還要高，吸引無數小朋友攀附其上，眞的好像到了「馬騮王國」！

後來，空地經過改劃，變成四個籃球場及一個足球場，可以進行球賽。住在修頓旁邊的街坊，足不出戶便可以欣賞賽事。更誇張有趣的畫面是，附近居民會跑到樓宇的天台，遠距離爲球場上的健兒吶喊助威，一時間唐樓內外非常熱鬧。

◆「大笪地」變身地鐵站

這個「大笪地」何時結束？祖母大概都忘記了。因看見舊照上的修頓球場其大小規模與今日有別，於是當晚回家後又問老爸。

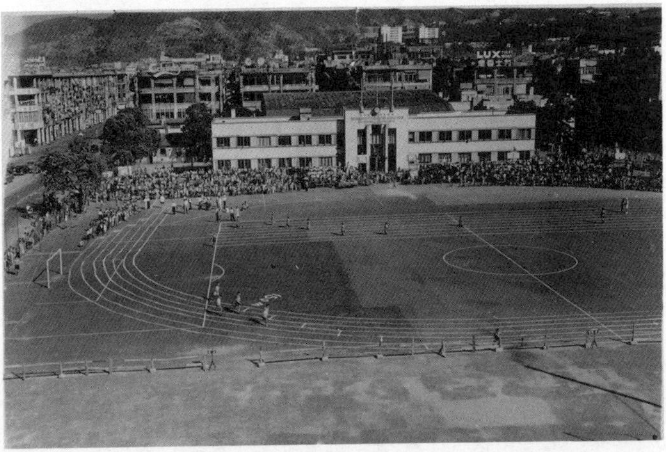

◈ 一九六〇年代修頓球場的面貌。最初這裡不設有徑賽賽道，是後來加上的，讓團體可以舉辦運動會。再之後，又改劃成籃球及足球場。

「起灣仔站丫嘛，福利大廈都拆埋。」

「咁原本個位置起咗啲咩？」

「除咗灣仔地鐵站，仲起咗修頓中心、室內運動場同埋修頓花園。」

「唔怪之得今日嘅修頓球場好似細咗咁多啦。」

◆修頓球場死人事件

一時興起，爸繼續說，上世紀七、八〇年代，這兒舉行過不少重要的足球賽事，其中最深刻的一次，莫過於有人死亡。

「打死人？」

「唔係，你聽我講。」

一九七八年八月底，灣仔修頓球場舉行「修頓盃足球賽」，上半場雙方互交白卷，下半場戰情激烈，開波十分鐘後，其中一方得到了罰球，但不知為何，底線突然閃出五、六名大漢，將開角球的球員抱住，對他拳打腳踢，如流氓打架。

這名被打的球員，竭力衝出重圍後，向隊友交代遭遇，於是兩幫人便動粗，剎那間球場變成戰場，有人拿出玻璃瓶，雙方拳來腳往，一片混亂。在場駐守的警務人員曾上前維持秩序，卻不得要領。

這時，突然有一名男子昏倒地上，不省人事。後來，送院不治。

「明白喇。其實，球場打交都係平常事，不過打死人眞係好大件事。」我恍然大悟道。

「我都未講完。」爸說。

事後，警方拘捕了兩名男子，最初控以意圖謀殺罪——大概連犯人自己也料想不到在球場會鬧出人命。不過，經過驗屍之後，卻發現原來死因竟是「肺炎」。兩名男子實在好運，如果是死於其拳腳之下，他們的下場便不堪設想了。

「咁樣，修頓室內場館係咪淨係打籃球比賽？」

「唔係！一九七九年有功夫總會舉辦武術比賽，結果，打打吓又有個人死咗！」

話說事發當晚進行第十七場比賽，由白眉派大戰西藏喇嘛派。我聽過白眉派，但原來西藏喇嘛居然也是一個派別。那位白眉派十七歲青年上台後，被一拳擊倒，未幾再被踢傷頸部，立即昏迷不醒。主辦單位馬上將傷者移送醫院，可惜不治。

自此之後，修頓便很少辦擂台比賽了。

想不到，修頓至今近九十年歷史，居然有這麼多的故事。祖母、父親所分享的修頓往事，都很有時代畫面感。而到了我的一代，大概就只有籃球比賽——中學時代入場看「三分神射手」翁金驊，長大後教書的我會去看自己的學生比賽，當然我自己也不時會去打籃球。

近日再翻查看看英國殖民地部檔案，發現原來早在一九一〇年代的灣仔塡海計劃中，便預留了大片空地作文康用途，這一切建議、規劃，原是由保羅遮打爵士（Sir Catchick Paul Chater）提出的，到了三〇年代由修頓伉儷極力爭取而落成。至於爲何只以「修頓」而沒有以「遮打」命名，這眞是一個懸案了。

貳

◈

祖　母　講　古
二戰前後說香港

賣身來港的「妹仔」

惡毒「事頭」虐婢案

現今香港家庭僱用印、菲籍女傭相當普遍，早幾十年前，有一種女傭叫「媽姐」（即「馬姐」），白衫黑褲，梳起不嫁，終身依附東家，主僕關係極之親密。

而更早之前，上世紀之初，香港的富戶人家還流行一種「奴婢式」的女傭買賣，叫「妹仔」，不過待遇跟媽姐差天共地，而且妹仔經常遭受主人濫用私刑，致雙手紅瘀腫痛、兩腳傷痕斑駁。

蓄婢在舊時代並非罕見，祖母說，當年她也聽過很多姊妹的經歷，其情可憫。二戰和平後，因緣際會下，她認識了一位已年過三十的媽姐，原來戰前她也曾做過妹仔，一做便幾年，直至香港淪陷。祖母跟她聊天多了，留意到其手上有烙印的疤痕，傾談之中得知，原來她也曾被舊僱主虐待，留下了不可磨滅的痕跡。

這位趙氏姊妹，原居鄉間，瓜子面、臉蒼白，看來營養不良。據說，十歲時，由於喪父，貧窮下母親被迫將她賣給富戶人家，獲得一百三十元。兩年後，這個富戶將她帶往香港，自此母女離散，不復見面。

祖母回憶著，「至今，我還依稀記得這位姊妹的自述故事……」

◆「妹仔」自述被虐經歷

「我被事頭[1]帶來香港，居於油麻地上海街，家中共有六人，事頭有四名兒子，分別三、六、七及十歲。除打理家頭細務外，尚要照顧孩子。」

「事頭本來話，每個月出糧有三元，但兩年以來，我都沒有收過半分錢。」

「伙食方面，每天只可以吃剩菜殘羹，幸運的時候，勉強可以塡飽肚子；倒霉的時候，只有幾顆飯粒。而且，勿論春夏秋冬，從來也不會有熱食。」

「某天，我在廚房準備膳食，需要用鐵鉗撥開爐灶中的餘燼，將柴薪放置其中，燃起火種。豈料將鐵鉗取出之際，手肘誤碰放在爐頭上的一碗米，碗子應聲倒地、碎裂，米粒撒滿一地。事頭聽到飯碗碎裂之聲，隨卽衝入廚房，見狀先是破口大罵，再伸手奪去我手上的鐵鉗。」

「她目露凶光，過往她只會拿出夏楚[2]鞭打，這次竟將燒得火熱的鐵鉗燙向我的左手上，隨卽我痛得大聲悲鳴，這也是人之常情吧，怎料事頭命令立卽停止哭泣，否則必將我斬殺！過了好一段時間後，我才敢自行敷藥。當晚眞的劇痛難當，在冷巷輾轉反側一整晚也沒法入睡。」

「兩日後，事頭差我拿五毫購買絲線，我購得兩紮回家。怎料事頭埋怨兩紮不夠縫衫，於是便自行出門購買。沒多久，事頭滿懷怒氣回家，指出只需一角便可買入五紮絲線，斥責我中飽私囊。然後，拿出雞毛掃將我如牲畜般鞭撻，那時我只有默默站著，不敢反抗。」

1—廣東俗語，即東主、老闆。
2—即藤條。

「燙傷加上鞭傷，再這樣下去，恐怕會死掉，於是我決意出走。」

「在街上飄泊之時，一位好心的姑娘看到我身世潦倒，便上前噓寒問暖，在談鄉懷舊之際，得知原來姑娘的父親是我的族叔，她當即仗義帶我敷藥療傷。」

「遇上親故，我立即拜請族叔借出盤川，好讓我離開香港，回鄉過生活。不過，族叔卻說一旦回鄉，恐怕我很快便會被迫返回事頭家中，建議我不如找華民政務司求助，或可有一絲生機。」

「沒多久，就證明族叔的估計沒錯了。」

「事頭竟然返鄉找到母親，斥責她收了錢，但女兒卻不負責任跑掉了。母親聽罷，便經水路來港，找尋我的下落。幸虧華民政務司派人帶我到九龍醫院驗傷，肯定事頭曾虐待我，排期聆訊期間，我暫住保良局，保護我不再被事頭騷擾。」

「在庭上，事頭可謂做出極之醜陋虛偽之能事，說將我視如己出，謂我身上之烙痕、鞭痕，皆因我自己大意及誤交損友造成。事頭也極吝嗇，連律師也不延請，只結結巴巴地說謊話，幸好法官不信其滿口胡言，判其罰金，此後事頭便不敢再作騷擾，我終於自由了。」

「我始終一貧如洗，學識淺薄，只希望能找戶好人家，繼續做妹仔。」

「不過，時代進步了，社會普遍反對蓄婢。未幾，買賣妹仔被禁止了，我便轉做媽姐，希望自食其力，抬頭做人。」

◆「妹仔」時代的終結

趙姊的故事，只是冰山一角，從前大量妹仔遭受這種苦難經歷，大概只有落後的年代，才會縱容此類事件的發生。

港英政府其實早於一九二三年便訂立了法例打擊蓄婢，禁止買賣婢女，以減少香港妹仔的數目。不過，仍有東主取巧，改呼妹仔作「養女」。

直至一九三八年，當局強制所有僞託養女都必須登記，以杜絕妹仔再繼續出現，至此虐婢問題才告終結。

油麻地果欄古惑仔劈友

現實上演黑幫仇殺案

油麻地「果欄」[1]的範圍，包括了石龍街的十六棟石屎建築，各有兩層高，風格一致。

果欄的牆上刻有不同名字，筆劃圓潤，與鐵劃銀勾的筆鋒大異其趣，不過現時招牌上的書法已經歷七、八十年歷史，逐漸褪色，盡顯歲月痕跡。唯一不變的是，此地人流絡繹不絕，每天專誠而來購買水果者，不計其數。

◆四通八達、有路可走

近二、三十年的香港電影、電視劇，果欄都是經典場景之一。在故事中，每當夜闌人靜之際，便是幫派講數之時。果欄內的路段四通八達，向東走可前往廣東道、彌敦道等大街，向西走便可取道水路，即使黑幫人馬兩道夾攻，仍有脫身機會。

而早在戰前，這兒已是黑社會的必爭之地。

---

1 原名為「九龍水果批發市場」，北向窩打老道、南抵石龍街、西為渡船街、東達新填地街，初建於一九一三年，為九龍傳統的墟市，在二、三〇年代商戶陸續興建樓高一、兩層的特色磚石平房，至二〇〇九年被列為「香港二級歷史建築」。

◆戰前墟市、民聚之地

日本侵華前夕，數十萬計難民越過邊界，來到香港尋找生機。港英政府惟恐大量難民對港島、九龍構成壓力，便於新界廣設難民營。然而，還是有一部分難民寄居旺角，棲身街頭巷尾，並設法尋找工作，以養妻活兒。

油麻地、旺角便以果欄一帶最爲繁盛，當時這裡不僅賣水果，兼有肉類、蔬菜，住民人口既多，需求更盛，檔攤利錢大增百倍。奈何僧多粥少，話不合攏，便起殺機。

◆黑幫開片、追殺場面

當年祖母初來香港，廣結善緣，以求覓得工作，幫補家計。某次，我坐在一旁，聽見她與好姊妹聊起果欄當年往事，得知那裡曾上演黑幫仇殺一幕——

一九三九年四月，梁癸女背負小孩，在新填地街面向果欄賣菜，地踎流氓穿梭期間，難民窮人徘徊其側，正愁沒有生意，忽然，面前突然閃出一隊人馬，由一名男子領軍，浩浩蕩蕩，向果欄進發。梁癸女見狀好奇，便偷偷地隨隊窺察。

不久，行至油麻地戲院時，忽見東側窩打老道又閃出另一隊人馬，其中三人手執長刀，爲首一人喝令隨隊人員，分成兩批，一隊人向新填地街進發，一隊人向廣東道推進，似乎圖謀不軌，志在包抄；而手執武器，想必準備行凶，期在必殺。

聽說領軍者，名叫梁芝，目標人物是正在新填地街一間茶居品茗的黃景祥。梁離遠見黃，隨卽高喊：「係佢啦，斬佢啦！」

梁奀女見狀，立卽尋找掩護暫避。

茶居內的客人，忽見刀片光芒，便知大事不妙，紛紛慌張而逃。

一會兒後，梁奀女似乎還是無所畏懼，更稍稍上前探視，見黃景祥血流披面，以雙手掩護頭顱，擬衝出茶居，然而其中一名刀手蔡安仔，搶先一步向他撲去，抽刀再斬黃景祥手臂。未幾，黃再被三人刺背，他負傷勉強逃走，鑽入咸美頓街。

咸美頓街是旺角較短的一條橫街。其他橫街，如登打士街、竇打老道等，均貫通東西，若由東面跑來，可直抵海濱離去。可是，咸美頓街卻不同，西行至廣東道便是掘頭路，黃景祥走至此地，已無路可逃，而其背後卻仍有刀手奔來，必死無疑。

此時，聽見警笛鳴響，刀手卽四散奔逃。

梁奀女還以爲黃景祥終於逃出生天，此時上前察看，不料見其已亡，死不瞑目。

數日後，報章針對這宗光天化日下發生的謀殺案進行大篇幅報道。案發當日，警方便已將首領梁芝及刀手之一蔡安仔拘捕。二人卻砌詞狡辯，聲言「我有份參加」、「我唔喺嗰度」，極力撇清瓜葛。可是，在證據確鑿之下，二人最終被判「繯首死刑」。

當年的審訊，梁奀女有否出庭作證？至今還是謎團。

◆亂世紛爭、罪惡頻生

戰前旺角，亂世中難民衆多，三山五嶽，出沒區內。騎樓底、街頭巷尾，均有人棲居其中，爲了生存，不少人鋌而走險，甘心充當亡命之徒。

一九三九年，港府曾爲防止罪案發生而勒令油麻地、旺角一帶的金舖提早收舖，並取締區內多間寮屋，旨在打擊潛在罪犯，可是怎樣防範，也阻止不了黑幫仇殺的事件發生。

聽罷祖母的分享，便明白爲何果欄是影視作品取景的熱門地方了。

《南華日報》總編亞歷山大行遇刺案

投誠漢奸的最後下場

二戰前的中環，紙醉金迷，白晝經濟依舊，夜間如常笙歌。沿海多棟四層高的古典建築，象徵了香港的繁華盛世，加上皇后像豎立其中，反映小城的成就得力於「日不落帝國」。

政經核心匯聚人流，行人終日絡繹不絕。然而，表面風光，暗藏劍影。

二戰爆發，軍國主義入侵中國大陸，腥風血雨也隨之吹至香港的中環……

◆和外剿共──「和平運動」

自中日抗戰於一九三七年全面爆發，原國民黨要員汪精衛看風駛舵，翌年十二月二十九日向蔣介石發出聲明，呼籲放下抗日戒心，號召聯日抗共，這等同他對日本的侵略行動表示妥協，史稱「和平運動」。然而，汪精衛的野心並未得逞，被擁有實權的蔣介石嚴斥，蔣更派出刺客欲將之暗殺，汪遂出走日本避禍。

「這根本不是甚麼『和平運動』，這是向『日本仔』投降！自己的領土被人侵佔了，不去打回來，還要妥協，離譜！」

「還有，這封所謂聲明，是由一個叫林柏生的人，代汪精衛發布的，林柏生與汪精衛一樣，都是漢奸！」

每次提及「日本侵華」的往事，祖母定必嘴裡痛罵「日本仔……」，不過現代的年輕人，對於日本人已沒有甚麼仇恨了，甚至乎更可以說是擁抱、熱愛日本文化，畢竟國仇家恨，已經是祖輩的事情了。

「做漢奸的爪牙，是要付代價的，被鞭、被鎚擊，都是報應！」

◆漢奸喉舌——《南華日報》總編林柏生

早在戰前，中環德輔道中已是人流如鯽的地方。作爲政商重鎮，警崗林立，爲保護香港命脈做好防備。

一九三九年一月中旬的某天，時值約下午五時，恰好是洋行、機構下班之時，街上顯得特別擠擁。《南華日報》的總編林柏生，身穿黑灰外套，頭戴氈帽，行經當時其中一座宏偉建築——亞歷山大行。

「《南華日報》？就是英文報章《南華早報》嗎？」我問。

「不是《南華早報》，是由汪精衛設立的《南華日報》，負責帶風向的傀儡報館。」

林柏生走到一間西人洋服店前，毫無防備下，遇上一名刺客，其衣冠楚楚，狀如洋行大班，卻突然從後抽出一根巨鞭，撻向林氏面部。林柏生始料不及，以手撫摸眼部，始覺血流如注，欲呼喊求救之際，另一執鎚者上前，高舉凶器，向林柏生猛鋤，第一下使勁已將他擊倒，俯伏不起。

兩名兇徒認爲林柏生必死當場，遂奪路奔逃。其時，幾名西人自亞歷山大行步出，目擊整個襲擊過程，其中一人馬上呼召警察，其餘分頭追捕行凶者，路上行人見此血腥畫面，驚惶不已，四散奔逃，秩序大亂。

位於荷李活道的「中央警署」接到報案，驚悉有人行凶，立即派出衝鋒隊，趕赴事發現場調查及維持秩序。

警笛響起，德輔道上的商店、銀行等，初時還以爲發生搶劫案，紛紛關舖落閘。

幾名西人在窮追不捨下，終於在德輔道中與畢打街交界的告羅士打酒店前，制伏其中一名兇徒，另一人則下落不明。

「聽說，當時亞歷山大行的石柱，留下了幾行林柏生的血跡；建築物前面的地段，鮮血結成塊狀，留在地上有待清理。」

「那時的商家、市民，似乎還不知道被襲的是漢奸，紛紛上前爲他試行止血、敷藥，也協助將他送往瑪麗醫院，若果知道這人的身分，大概不會如此熱心吧。」

林柏生入院後，惟恐再次被刺，病房門外駐有印警把守，閒人不得內進。

經過治療，林柏生竟大難不死。痊癒後，他離港前往南京，擔任由日本扶植的汪精衛政權之要員。

祖母提到了林柏生此人，令我產生好奇，於是翻查國民政府檔案，發現當年汪精衛呼籲與日本親善後，林柏生扮演了重要的資訊傳遞角色。林柏生表面強調拒絕與漢奸合作，但暗地裡把汪精衛所主張的親日言論印刷成小冊子，運返中國大陸宣傳，務求挾持民意以壓倒主張全面抗日的蔣介石，卻全無作用。

林柏生遇刺後，汪精衛斥資收買港英政府的要員，要求判處兇手重罪；又收買政治部探員，也調動《南華日報》裡面的特務人員加以偵查，誓言要找出行刺者的身分及一切眞相。後來，兇徒陳錫林被判入獄十五年。

不過，事件並未完結，案情就像黑幫電影的橋段般發展。數月後，赤柱監獄發生凶殺案，一名囚犯文水，在印刷部毆斃陳錫林，背後原因可想而知，大概是有人認爲陳被判刑十五年，不足以消滅心中憤恨，必須殺人洩憤。

◈ 攝於一九三〇年代，左方為中環亞歷山大行，即林柏生遇刺位置。

◆賣國求榮——不堪入目的最後下場

至於汪精衛的最後下場，人所共知，二戰未結束前，經已病亡；戰後，其墳墓被炸開，有說其遺骸被掘出後火化，骨灰落入長江。林柏生則流亡日本，以為獲得庇護之際，卻被送返中國大陸，經軍事法庭審判後被處決，終年四十五歲。

有說林柏生被槍決時，請求讓他死得體面，讓子彈後入前出。然而，他在刑場中彈後，額頭不住流血，身子仍不斷癱在地上挪動。士兵見狀，立即再向其前額開發一槍，其死狀慘不忍睹，最終事與願違。

「漢奸也要死得體面嗎？太荒謬了吧。」

祖母嗤之以鼻，就如大多數史家所言，賣國者，必定遺臭萬年。

三年零八個月的慘痛經歷

日本戰犯在香港的戰爭罪行

祖母於戰後落戶香港，其時社會的第一大事，便是關注日本戰犯的下場。淪陷期間，有所謂「第一殺人王」之稱的野間賢之助，又有「二號殺人王」之名的金沢朝雄。雖然，正義得以伸張，二人最終被判處死刑，但是，最令人痛心的，莫過於經歷戰爭人禍的香港人，在法庭憶述的悲慘往事。

歷史倘若只以「冷血」、「殘忍」或「泯滅人性」來形容日本戰犯，實在不足以讓下一代了解當年他們所犯過的戰爭罪行。

往事並不如煙，翻查祖母留下的剪報，一幕幕教人震驚的眞實片段浮現……

◆流放外地、迫做苦力、飢餓致死

一九四八年十月，戰爭結束已有兩年多，大多香港市民已看見曙光，但仍有不少人因親歷戰爭而留有心理陰影。

戰犯七號法庭，繼續傳召證人作供。

證人吳伯熹，二十五歲，家住中環伊利近街四十號。

「一九四五年六月某天，大概下午一時左右，本人正在街上小便，忽然連同居民六人被日本憲兵圍捕。五花大綁後，再押往中央市場（中環街市）。抵達中央市場後，看見有五、六十名男女老幼。良久，日本憲兵派來一輛巴士，然後送往北角集中營。」

吳伯熹及其他香港人被趕入小屋，內裡極之擠逼，已無床位，被迫席地而睡。小屋外有鐵絲包圍，哨兵嚴守著，氣氛極之緊張。營中每天派飯兩次，但只得飯球一個，既沒菜，也無茶，只有一條水喉聊解口渴。

三日後，吳伯熹連同其他香港人被趕上帆船。

日本憲兵派來三艘帆船，每艘可載三百人，由汽船拖行，船上有四名持械憲兵，負責押運香港人。近千名港人，朝西北航行，未知目的地，心感不妙，有人激動流涕，有人驚惶不已。

翌日凌晨，帆船泊岸，有人認出是中國深圳的赤灣。日軍驅趕所有人下船後，即揚長而去。吳伯熹與所有人都身無分文，又沒糧食，猶幸當中有人熟知赤灣，在其帶領下，步行數小時，終抵達城鎮，變賣身上衣服，以購得糧食果腹，然後向北前往南頭，打算取道經元朗、屯門回到香港。

可是，抵達屯門後，吳伯熹再被日軍拘捕，由於身上所有物品已被憲兵奪去，無法證明身分，唯一慶幸的是沒有生命危險，不過卻被毆打，遭關押一天，然後被勒令在烈日落空下，從事苦工。

爲了求生，他趁機聯同三人逃走，先到沙田，再翻越山頭抵達旺角，再乘渡海小輪返回中環伊利近街寓所。抵達家門，拍門卻沒有回應。破門入屋後，驚見年邁母親已餓死。

◆曾遇船難、痛失丈夫

另一名老婦，名歐蓮，家住成和道十七號三樓。

一九四五年五月一日，其丈夫曾茂庭在跑馬地雲地利道被捕。三日後，被送往北角難民營。初時，歐蓮尚可天天給丈夫送飯，但始終無法申請保釋外出回家。

十五天後，丈夫突然被送至廣州，音訊全無。

早在一九四二年，曾茂庭與妻子也曾一度被日本憲兵誣控爲難民，被驅逐出境。當時，夫婦二人被日本憲兵逮捕，送往位於駱克道的避難室度過一晚。翌日，再押往堅尼地城碼頭，見該處已聚集大概一萬人，被安排分批乘船，共十九艘。甫上船，由於人多，惟恐有覆舟之虞。

日本憲兵向每人派發稻米一小罐、麵包兩個、國幣十元。發完物資後，將所有市民推入艙底，艙門立刻關上。船隻由另一小型火船拖行，慢慢向中國大陸進發。

豈料，航行不久，即遇颱風，日本憲兵爲求自保，立即斬斷船纜，所有船隻遂於海上漂浮。未幾，其中一艘船頭爆裂，死者甚多。

夫婦二人在船上漂流四日四夜，原有十九艘船，後來只剩三艘。後來，日本憲兵派出一艘名爲「金星」的船隻前來作出拯救。她和丈夫成爲了倖存者能保命上岸，但見海上的遺體，慘不忍睹。

上岸後，經已餓極，實在無法自尋生路，部分人餓死沙灘上，屍體滿布，臭氣薰天。兩夫婦輾轉以步行方式，離開中國大陸，終於回到香港。

老婦憶述著慘痛經歷，想到丈夫僥倖逃過一九四二年的一劫，卻不能避過一九四五年的厄運，重光在即，卻遭遇不測。

供詞至此，證人歐蓮向法官提出請求：

「余甚欲問日本憲兵將丈夫帶往何處？如若知其下落，請交還，好讓我們一家團聚。」

語畢，泣不成聲。

◆遭受毒打、流放孤島、啃食人肉

彭任昇，三十五歲，面目黧黑，滿面風塵，上穿青色企領軍裝衣服，下著破爛長褲。二戰前，任職於赤柱泳棚；日治期間，則捕魚維生。

一九四四年六月，彭任昇正在赤柱海面捕魚。滿載而欲歸，打算將漁獲轉售，卻忽被日軍攔截，在沒有任何理由下，押往赤柱憲兵部。

經過一輪毒打後，被轉送赤柱集中營，囚禁達七、八日。根據彭氏供詞，營中約有八百多人，互通消息後，得知原來各人都在沒有審訊下，被關入牢獄。那時日僞政府揚言只遷徙無業遊民，明顯與事實不符。

隨後，彭任昇與其他一千人在日軍威嚇下，分坐兩艘帆船，前往南澳。兩艘船隻極小，卻載滿人，並駐有日本憲兵持械看守，所有船上華人均不能跳水逃走。

最可笑的是，船上除了日兵外，也有為虎作倀的華警。

帆船航行不久，忽然風浪大作，迫不得已折返蒲台島，此時帆船入水，深至膝頭。船上不少老弱不諳水性，最後遭淹死者約五十多人，日兵將屍體扔入海中，以絕後患。

駛至蒲台島，彭任昇跟著衆人上岸稍作停留。那時，他看著海上不少載浮載沉的身影，便偷偷地潛入水中，游至另一角落，遇見熟悉的艇家，立即乞求發船，接載約二十人輾轉上岸。

彭任昇返回赤柱安頓後，憶述了一段更為怵目驚心的境況——

「螺洲島是一座孤山，遠望一看，竟然有數百人滯留。聽人說，日本憲兵將難民送上島嶼後，不供飯食，便立即離去。」

人在赤柱半島，也聽得見來自螺洲島叫苦連天的呼救聲。不過，漁民懼怕日兵，不敢貿易前往營救。就在螺洲島的對岸，鶴咀村的村民亦不敢強行渡海。

生死攸關，儘管水流極急，滯留螺洲島的難民，一些略懂水性者，孤注一擲，跳海游向鶴咀，可是有人最終溺斃。無力渡海的人，只能夠留在島上，捱著饑餓。

一、兩天後，不堪入目的是，有難民為了求生，強者便撲殺弱者，生啖其肉，慘叫之聲隨風傳至鶴咀村。村民還是不敢渡海救人，他們知道，若見義勇為，定必被日軍滅門。

幾天後，螺洲島上遍地屍骸，有的呈大字形，有的水上漂流，有些體無完膚，身上的肉被咬去了，有些骨頭遺落灘上，慘狀不堪入目。

日治期間，因糧食短缺，日軍政府遂下令將無業遊民及罪犯強行驅逐出境，按當時規定，有穩定職業者則不在其列。而被遣送出境的難民，則必須提供果腹食物以讓其抵達中國。然而，日軍卻胡亂在街上逮捕平民，驅逐出境卻不提供糧食，甚至有傳發放魚雷轟炸載有難民的船隻，導致大量傷亡。

日治之下，大量家庭分離破碎，其中人食人的慘況尤爲驚駭！

每次翻閱祖母留下來的舊剪報，猶如一次又一次返回歷史現場。

戰爭人禍，不堪回首，教人難以置信。

旭龢道上論功過

淪陷時期投靠日本的華人領袖

香港重光後，曾經叱咤一時的羅旭龢爵士（Sir Robert Hormus Kotewall），向英國政府撰寫長達六十六頁的陳情書，解釋其擔任日治時期華人代表的原委。然而，不被英方接納，終身不再被錄用，不久後鬱鬱而終。

「就算有豐功偉績，在大時代作出錯誤抉擇，便有可能遺臭萬年。」這是祖母經常訓誡的話。

祖母回想當年，定居香港不久，聽得最多的，不僅是日本戰犯的審訊、香港居民的悲慘故事，還有華人領袖的審判。日治時期，一些華人領袖曾協助日本管治香港，有叛國之嫌，戰後成為港英政府的棄卒。

在眾多涉嫌人士之中，羅旭龢的叛國證據最多。

◆口才了得被譽「銀舌」

羅旭龢是巴斯及華人混血兒，戰前曾任首席華人非官守議員，曾在一九二五年的「省港大罷工」[1]竭力於粵港政府之間斡

1 一九二五年五月三十日，上海工潮中的領袖顧正紅被殺，百多位愛國學生因而示威，在租界的英方巡警作出逮捕並開槍，致十三人死亡，數十人重傷，群眾激憤。「五卅慘案」引起了全中國、以至香港的工人聲援，加入罷工抗議行動。

旋，解除了港府武力應對罷工的危機，在官民之間擁有崇高聲望。

此外，羅旭龢曾經代表香港向英國政府發表說詞，商借三千萬以解決財政困難。

「因此他有『銀舌』的美譽。」祖母說。

「甚麼是『銀舌』？」我問。

「咪即係『名嘴』囉！」祖母答。

羅旭龢大可在官場扶搖直上，不過他大概認為進軍商界前途更佳，於是離開政府，擔任「華人置業」、「香港電話」及「香港雪廠」等公司的董事。他在官商二界均擁有地位，一直是官民之間的橋樑。

◆日佔時期華人代表會主席

日佔時期，他再一次面臨前途抉擇。可是，他錯了。

羅旭龢選擇了出任日治時期的華人代表會主席。三年零八個月時期，港九集中營關柙多國囚徒，他的其中一個任務，便是向深水埗集中營的囚徒發言，勸說他們效忠日本政府。

這成為了叛國的鐵證。

當時，深水埗集中營的囚徒待遇極度惡劣，長期捱餓。日本皇軍對集中營的囚徒說：「當英國人向日本囚徒提供較好待遇時，我們就會向你提供麵包。」

每天囚徒只獲分發兩碗粥水，沒有任何蔬菜。囚徒被指派耕作菜田，收成卻全進日軍的肚子裡去。除此以外，囚徒原本可以在營外游泳，可是自從有人乘坐舢舨逃走後，連強身健體的人權也被剝奪。

日本皇軍向囚徒進行訓話：「所有打算逃亡的人，等同自殺。」

◆投日背後的自辯

羅旭龢在演說中，指出自己一度被蔣介石欺騙，誤解了日本政府。日本的侵略行動，旨在對付英國，佔領中國領土皆在解放人民，要求在場人士不要相信蔣介石。

「日本，才是爲你們爭取自由的國家。汪精衛政權，才是值得你們相信的對象。」羅旭龢說。

羅旭龢促請在場所有的軍政人員，認同自己的說法，若願意跟隨，請舉手示意。當時深水埗集中營囚徒的待遇，有如第三世界，試問有誰會對汪僞政權心悅誠服？

「就算羅旭龢不說這些話，大概也有其他人代勞，但他卻沒有深思熟慮，出賣名節，招來了無窮惡果。」祖母說。

日治時期社會賢達的表現，都被港英政府仔細記錄，成爲審核誠信程度的證據。

香港重光後，有報章指出，羅旭龢在日佔時擔任華人代表會主席，是「英廷授意」，意味著他是「奉命」承擔賣國的風險、爲日本人賣命，而被問及消息的眞確性時，羅旭龢的回答是：

「這都是事實。」

羅旭龢指出淪陷期間，曾有三名英國高級官員親自聯絡，指使他應該與日本人周旋，盡量維持香港社會秩序，避免人民過於痛苦。有見及此，他決定接過這個燙手山芋。不過，當記者要求透露這三位官員的名字，羅旭龢卻拒絕不提。

消息還指出，羅旭龢一邊要應付日本人的無理要求，一邊又要考慮香港居民的狀況。由於忠義兩難全，便以消極的態度應對，於是又招來日本人的懷疑，故表面上仍然讓羅旭龢擔任為華人領袖，但暗地裡對他已大感不滿，並派出特務人員監察其一舉一動，直至日本投降當天。

在日佔期間，羅旭龢自言蒙受巨大心理壓力，一度想設法離開香港。當時他知道何明華會督身在桂林，於是託富商林植豪設法聯絡，望派人協助自己前往中國。只是還沒抽身，香港便告重光。

◆水洗不清的內奸嫌疑

聽過祖母的憶述，我後來也翻閱了英國殖民地部文件，當中收錄了一九四五年由軍政府首席民政事務司麥道高（David Mercer MacDougall）撰寫的信件，指出英國政府開始追究日治時期的賣國者／內奸（Quislings），羅旭龢有重大嫌疑，並通知需要將他「立刻離開公衆視野，等待調查」。

文件中，嚴厲批評羅旭龢「不知悔改」（Impenitent）。

羅旭龢其實有一次翻身的機會。於一九四七年的軍事法庭，他以日治華民代表會主席身分，指證日治政府濫害人民。在審訊的過程中，羅旭龢指出華人代表會曾一度反對日本政府強迫遣返香港居民的行動，凡被拘捕者，必須經過審訊才驅逐出境。不過，日治政權卻縱容下屬胡亂逮捕良民，拆散大好家庭，導致陰陽永隔。

他的供詞，一則揭露華人代表會的士紳反對日治政府的遣返決定，二則指出遣返政策條文與實際不符，對於指證野間賢之助及金沢朝雄等殺人狂魔有決定性的作用，最終二人被判死刑，總算告慰日佔時期死難者在天之靈。

然而，羅旭龢的證詞並不足以排除英國政府對他的嫌疑，即使他仍舊活躍於上流社會，頻繁出席各式公開活動，但到底他已沒法再被英國政府信納。最後，於一九四九年，病逝於干諾道寓所。

一位擁有崇高社會名望的爵紳，落得被人唾棄的結局。

有人說，羅旭龢頂住了日本的暴政，讓香港居民的生活不致更慘。然而，即使現今保留了「旭龢道」，以表揚其在生時的功勞，算是保存了其顏面，可惜綜觀羅旭龢的一生，我同意祖母所言：

「就算有豐功偉績，在大時代作出錯誤抉擇，便有可能遺臭萬年。」

叁

◈

患　難　歲　月
落難求生於香港

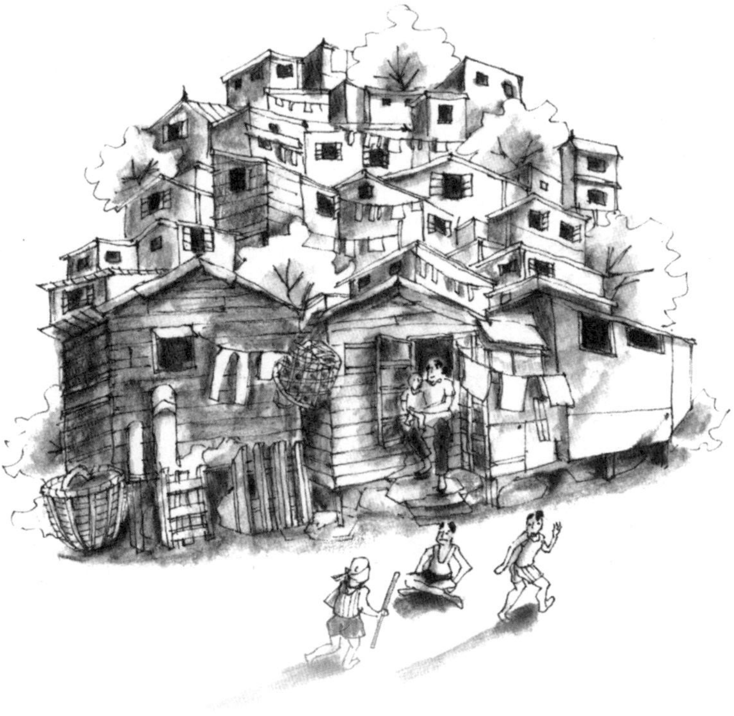

界限街與花墟道

市區最後一塊農田

「現時界限街旺角大球場附近，有一座東鐵線橋躉，列車天天在此路駛過，經歷數十年，至今不輟，堪稱博物館級數的瑰寶！」

祖母說著說著，又帶點感嘆：「那座橋躉的附近，原是綠油油的農田，以培植紅蘿蔔最為著名。旁邊是界限街農戶的居所，卻於戰後被連根拔起，市區最後的一塊農田，自此消失，真令人惋惜啊！」

小時候，聽到祖母這麼說，曾懷疑她會不會是記錯了，旺角怎會有農田呢？

◆在旺角耕田的小農生活

大概已沒有多少香港人知道，港英政府自佔領九龍半島（一八六〇年），便勘察地形，發現這兒共有農地二十多塊，旺角界限街花墟公園，便是其中之一處。

界限街原是港英政府與大清國的分界線，有原居民務農種花，促進了中英之間的貿易活動。而經過近八十多年後，界限街仍有農戶四十，居民人數達三百。

僥倖捱過日佔時期的農戶，不僅從事種植，亦設店售賣盆栽、鮮花及熱帶魚等，在旺角花墟進入全盛時期前，這兒的農戶早已將鮮花遠銷港九。

◆取締農地的城市發展

二戰和平後的小農生活，雖然貧窮，但仍可勉強糊口。不過，重光之後兩年，這批農戶卻面臨迫遷。港英政府於一九四七年九月，在界限街農戶的告示板上張貼了通告——

「限十日內遷移，否則將會武力拆屋。」

農戶一見政府的拆屋令，晴天霹靂。居民之間經過商討後，派出代表二十多人，特地遠赴港島，求見華民政務司，冀當局寬限半年，讓他們可以覓地遷移。

「這兒種了四、五百擔紅蘿蔔，要到五、六月才能有收成。這些種子下地以後，突然收到搬遷通告。如果一定要搬，損失必定慘重。」其中一個農民說。

「這個時候，我一心盼望五、六月的收成，換來維持之後幾個月的生活費。最重要的是，在香港找屋已極度困難，又如何找到農地耕作呢？」另一潘姓農民說。

這些住戶，一生務農，平日既無積蓄，又無法轉型從商，生活捉襟見肘，生死關頭迫在眉睫。

不足半個月，限期屆滿，由於農民勢孤力弱，只能彷徨撤出。他們自己動手，將木板逐塊拆下，不消數天，十之八九的房屋便消失掉，原本屹立在界限街的鮮花、蔬菜及熱帶魚檔口，都已給搬走，只留下了木屋地基的痕跡。

農民親手拆卸自己的房屋，只因爲太窮了，無法再購木材，只好自己將木板拆下，然後另覓地方再搭寮屋。

有一小撮人，還是留守在原地，搭蓋僅能容身的小木架，上鋪布料，站崗似的看顧著昨日的家園，依依不捨，期望逗留至最後一刻。有的農民，即使遷出了，卻還是回來在附近的空地架設寮屋，每天如常落田耕作，期望盡最後的努力，收割頑強成長的農作物。

「我們已經搬走了，但這塊地皮應該不會立卽動工吧。只要讓菜蔬多長幾天，我們還是可以設法灌溉，直至政府派員動工，我們才將之拔起。」一位老農說。

最後，農戶還是全數撤出了。港英政府鏟平了農田、也拆卸了剩餘的木屋。

綠油油的農地被消失，剩下一片蕭條。

當局收回界限街的農田，並非改建住宅，而是要興建球場。

今日界限街、達之路及東鐵路軌範圍的花墟公園地段，便是昔日的農地位置，這裡已找不到農田的痕跡，可見的是旺角大球場的圍牆、園圃街的牌坊及公園入口。

走入花墟公園，想像這地原是務農耕種、搭滿木屋、勞苦人民生活的地方。要是今日旺角與九龍塘之間，仍保留有這一塊廣大的農田，想定必能爲香港帶來更多元的面貌。

露宿山東街碼頭

既求生也尋死的窮途婦人

「從前旺角，有海，有碼頭。」

「旺角有海？」

「真的有海。」

「說笑吧？旺角只有樓、有人、有廢氣罷了。」

某天跟祖母講起旺角，當時聽到她說旺角有海，還以為那是科幻奇情電影才有的想像。

旺角給我的印象，既雜亂也無章，人聲鼎沸，高樓大廈盤據其間，烏煙瘴氣穿梭其中，讓人喘不過氣……

◆從前旺角就在海邊

原來，從前渡船街是山東街的終點，這兒有一座碼頭[1]。山東街與渡船海交界，位置寬敞，由於設有碼頭，附近便有小販擺賣，乘客上落期間，會在這兒光顧，無論吃的穿的，一應俱全。碼頭的出現，亦促使不同食店的出現，為馳赴各區市民的肚子，提供了必須的補給。

1 油麻地小輪於一九二三年取得往中環至旺角的航線專營權，並於一九二四年一月一日開始正式提供服務，位於山東街的旺角碼頭於同日啟用，直至一九七二年四月二十二日全新的大角咀碼頭落成後取而代之，旺角碼頭遂於翌日起停用。

◆無處容身的貧窮平民

「旺角眞的有海，而且也有人跳海！」

祖母繼續講古：「以前有好多窮人，沒錢交租，被包租公趕出來後，便被迫睡在碼頭。悲從中來的時候，便跳海自殺，好彩也有好心人跳海拯救，否則便一命嗚呼。」

事發當年，這座碼頭剛剛完成改建裝修工程，髹上淡綠及乳白色，有點像尖沙咀天星碼頭。由於旺角海邊水淺，故碼頭需要延伸數十步距離，船隻才可泊岸。修建好的碼頭設有廁所，可供無家者如廁沖洗，於是便有人在這兒露宿。

「救命啊！救命啊！阿媽跳海自殺啊！」

一九五〇年代的某個晚上，這個碼頭忽然傳來喊聲不斷。哀鳴來自一位八、九歲的女童，而且當時她背負著一名四歲女孩，由於年幼力弱，彎著身子呼救的模樣，更顯得可憐。

「爲甚麼要跳海？」我問。

「因爲被人趕出來，新聞紙上說的。」祖母說。

香港在二戰和平之後，有大批難民住在九龍城。後來九龍城發生過幾次大火後，這些難民便遷往何文田村暫住在由「火災善後建設委員會」（簡稱「善委會」）負責管理的石屋，不過租金極之昂貴，每月需要三十元，據說跳海的婦人當時與姓馬的丈夫同告失業，被迫轉職小販，可是仍無法負擔生活支出。

善委會雖說是由社會賢達成立的組織，爲災民興建房屋，以解決大火後的居住問題，然而面對欠租的居民，他們還是採取鐵腕手段。

十一月的一個寒冷晚上，跳海的婦人原本與三名孩子待在石屋家中，忽然善委會的職員登門，勒令馬氏四母子卽時遷走。卽使婦人一再反抗，還是被推到牆角去，弄得頭破血流，三名孩子哭得歇斯底里，最終家中所有物件都被扔到街上。

當晚，天氣嚴寒，何文田地勢稍高，一家人只好露宿在石屋門外。之後連續四天，他們只靠一張破棉被禦寒。附近的鄰居看到這個家庭的慘況，紛紛施捨一點金錢，不過只是杯水車薪，無法解決問題。

萬念俱灰的婦人，覺得生無可戀，於是乘隙離開家人，步往山東街的碼頭，打算跳海了此殘生。不過，婦人的舉動被孝順的女兒看見了，略懂世情的她，背負著沉睡中的妹妹，暗隨其後，當目睹母親縱身入海的刹那，一切都來得太突然，只得大哭求救。

碼頭未幾便聚集了大批跑來查看狀況的市民。他們隨著女童望向的位置，驚見一位中年婦人在維多利亞港載浮載沉，可是大部分圍觀者都不諳水性，只得幫忙同聲高喊「救命……」。幸而近岸有水上居民聽到呼叫，便躍入海中，將婦人救起，送往九龍醫院救治。

◆所謂「賢達」的假仁假義

驚魂未定的婦人，在醫院細述其自尋短見的原委。

由於欠租五個月，善委會先出律師信要求付凊欠租，並須付律師費一百元。馬氏一家既無收入，無法付租，又如何再付律師費？

經過多番哀求、賒借後，勉強才集資了三十元。苦苦請求善委會先收下一個月租金，再慢慢解決餘下的債務問題，豈料求情被拒，更將一家人趕出屋外，寧願釘封石屋，也不考慮恩恤。

在祖母已收藏多年的那份已發黃的報章上，隱約看到這位名叫「曾愛娣」的婦人，和她的三名孩子坐在家門外發愁，其房舍被釘封並貼上了「善委會」字條的報道。

「善委會不善，作惡多端，有報應啊！」

聽罷這個故事，教人質疑當時的所謂「賢達」，他們是抱著甚麼心態去營運所謂的「廉價房屋」？似乎，這只是一門生意。

可悲的是，經歷數十年之後，類似的社會現象與悲劇，還是不時在香港上演。

大坑渠搶槍走犯案

「屎坑公」應記一功

童年時代，住在銅鑼灣，經常去維多利亞公園玩耍。玩膩了，有時候祖母會帶我去大坑閒逛。她說，畢拉山的流水由大坑，經過今日的浣紗街，沿著皇仁書院旁邊的明渠，再穿過維多利亞公園的地底，排出大海。

「浣紗街」之名，實在風雅。長大後，我才知道，古代詩詞中所謂的「浣紗」，是指洗衣服。

◆大坑居民日常生活

祖母說，由於昔年大坑居民家中沒有自來水，所以仰賴畢拉山的流水煮飯、洗衣服，但也流傳有人在大坑水渠「方便」！不過在眾目睽睽下，大概也不敢當著街坊面前寬衣解帶吧？

這兒既有大坑道，也有浣紗街，勾勒著昔年區內街坊生活的輪廓。

◆警匪埋身肉搏大戰

這條大坑渠，每逢雨季，水流湍急；直至秋冬，渠道乾涸。

關於大坑渠的往事，聽祖母說，大概在上世紀五〇年代，這裡曾發生過一場警匪埋身肉搏戰，而且雙雙墮下渠底，初時疑犯稍勝一籌，甚至奪去了警員的槍械逃去。

當時，大坑剛剛設有公廁，有一名看守的「屎坑公」，實在要多得他不僅幫忙報警，也協助捉賊，立下了大功。

「甚麼是『屎坑公』」？

「就是公廁的清潔工囉！」

某天清晨，一名警員路經大坑道「虎豹別墅」[1]附近，看見一名男子行爲怪異，偷偷摸摸的四處張望，恍恍惚惚的在街上遊蕩，警員對此人心生懷疑，於是先上前盤問，並將之押解到警署調查。

怎料行抵利群道附近時，疑犯突然掙扎，企圖擺脫警員，二人在大坑渠附近糾纏不休，怎料其中一人失衡，兩人相繼滾落山坑，一直滑落坑底。由路面至坑底，足有四十尺高，可想而知，二人的相搏有多激烈。

坑底巖石，參差錯落，平日有不少街坊前來洗衣。不過，由於事發時間尚早，暫未有人見證埋身肉搏的經過。警員與可疑男子持續互搏，疑犯甚至搶奪警員的佩槍，糾纏混亂中連發六響，這時警員負傷，不支倒地。

而一連串「砰砰砰」的槍聲，驚動了被稱爲「屎坑公」的當值工友。

1 由東南亞商人胡文虎於一九三五年興建的私人別墅，二〇〇九年被列為「一級歷史建築」。

「屎坑公」行出公廁，看到疑犯手執警槍逃走，大概走了數十步，見負傷警察沒有追趕，便隨即扔掉槍枝，再全速向禮頓道奔去。

「屎坑公」見狀，從尾後追上，途中轉入士多借電話報案，而撥電後再出來，已不見了該男子蹤影，但他還是繼續沿銅鑼灣道向禮頓道方向跑去。

◆總華探長劉福出動

這時候，總華探長劉福接報後率領大批探員來到，包抄附近一帶區域，吩咐探員留意負傷疑犯，如有發現，立即將之拘捕。

不久，「屎坑公」見該逃跑男子於禮頓道近保良局出現，立即報知警察，指出男子身上染有血跡。在場指揮的總華探長劉福遂立馬率領麾下警員到場拘捕，持槍喝令疑犯高舉雙手投降。

◈ 一九六〇年代大坑的面貌，可見明渠一直延伸至維多利亞公園，經地底將水流排出維多利亞港。

這名總華探長劉福，一九五一年繼神探姚木出任華警中的最高職位。戰前，劉福只是無名小卒，駐守新界，自從偵破一宗荃灣殺警案後，聲名大噪。服務警界二十八年後，屢建功勳，升任總華探長。這次成功逮捕大坑疑犯，奠定了其江湖地位。順帶一提，劉福也是後來香港「四大探長」[2]呂樂的上司。

至於那名「屎坑公」，雖然協助警方破了大案，但歷史上並沒有記下他的真實名字。

世人只知劉福，卻不識「屎坑公」，實在可惜！

2 上世紀六、七〇年代，香港有四位著名的華籍探長——呂樂、顏雄、韓森、藍剛；然而，他們均包庇黃、賭、毒，以權謀取私利，到一九七四年廉政公署成立後，因貪污罪名先後被通緝。

鑽石山元嶺謀殺案

本是同根生，相煎何太急

還記得多年前的某天，祖母全神貫注地看新聞，大概是關於兄弟爭產、導致弟死兄傷的報道。當看到鏡頭對準事發屋苑的門戶，兩名仵工抬出屍體的一刹那，畫面令人毛骨悚然，祖母眼見這一幕，禁不住開口爆出感想——

「梗係啦，老豆偏心個細嘅，個大佬梗係唔鍾意啦！」

「做乜啊，咁大感觸！你識佢地咩？」

「唏！我諗返起幾十年前元嶺嘅一宗殺人案啫！」

◆已然消失的村落

上世紀六〇年代之前，元嶺是九龍「十三鄉」[1]之一，被鳳德道一分為二，劃為上、下元嶺。自清代中葉以來，便有淩、廖二姓人居於此地。這條歷史悠久的古村，直至九〇年代左右消失在地圖上。昔年這兒寮屋林立，難民棲身，品流複雜。

從祖母講古時得知，這裡曾經發生一宗凶殺案，村民緝兇由上元嶺追到下元嶺……

1　一九六〇年代以前，九龍有十三個規模較大的村落，包括沙埔、衙前圍、竹園、大磡、元嶺、沙地園、坪頂、牛池灣、坪石、牛頭角、晒草灣、茶果嶺和鯉魚門。

關於這宗元嶺殺人案，祖母當年只是耳聞，沒有目睹，不過也誘發了我的興趣。那年我在圖書館做兼職，便趁午飯時間去了舊報閱覽室，居然一翻，便找到了祖母口中的案件。

◆兩發槍聲劃破村莊寧靜

一九五〇年十二月十二日，清晨的上元嶺村一片寧靜，寮屋區居民才剛起床，迎接一天的來臨。鄉長廖伯晨運之後，前往設於屋外的廁所「方便」。突然，聽見一九五號石屋傳出激烈的搏鬥聲音，他初時心想，這乃別人家事，不宜干涉。怎料，不久後竟傳出槍聲，而且共有兩響。

廖伯大感不妙，遂倉卒離廁，前往察看究竟。

這時候，一九五號旁邊的屋主劉大嫂，亦聞聲而出，恰好遇上廖伯，於是二人聯袂上前。

廖伯敲了一下門、喊了一聲話，卻沒人回應。感到勢色不對，廖伯便腳踢木門而入，劉大嫂則只敢站在門外等候，怕見不祥。

豈料破門後，廖伯卽被二人用槍指嚇，不准他呼叫，否則立卽開槍。

驚惶之間，廖伯看見屋內一名男子倒臥血泊中，料想是劫匪入屋，並殺害無辜。

屋外的劉大嫂瞥見廖伯被脅持，立卽轉身奔逃，並向村民高呼救命。鄰居聞訊後大驚，有人鳴笛求助，全村頓時陷入備戰的狀態。

◆村民與匪徒展開追逐戰

石屋內兩名兇徒聽見警笛鳴聲，惟恐事敗被捕，在電光火石之間，將廖伯反鎖屋內，以免遭其反制，然後馬上奪門逃去。

上元嶺設有自衛隊，其中一名曾氏男子，聞訊飛奔而至，追上兇徒，大喝：

「咪郁！停低！」

逃跑中的兩名男子不作理睬，曾氏瞬即扣下扳機，向二人開槍，惟沒有命中。

兩名兇徒繼續逃奔，沿途街坊見狀，恐其手持武器，都不敢貿然趨前攔阻，有人趕緊致電報案，也有村民不顧危險後隨追趕，務求盡快合力拿下盜賊。

追至公路前，其中一名兇徒失去蹤影，另一名則向下元嶺奔走。

手持槍械的曾氏男子對後者窮追不捨，從後看見他鑽入了下元嶺其中一條掘頭路。

這名兇徒但見無路可逃，遂闖入其中一間石屋內。

◆窮途末路萬念俱灰

石屋內，住有婦孺數人，兇徒曾向婦人要求讓自己避匿，但一片極度驚慌中，婦人只管不斷哀求他速速離去。

婦人的惶恐似乎有傳染作用，該男子或許自感無法逃脫，萬念俱灰，頹然坐在廳中的藤椅上，然後拿出日式曲尺手槍，對準自己的太陽穴，發彈自轟，手槍隨即掉落地上，鮮血自頭部流向地板的四面八方。

◆處心積慮殺人內情

這名男子是誰？他爲何要殺人？

事後，警方展開深入調查，驚見案發現場（即一九五號石屋）的地上挖了一個數尺深的泥坑，篤定這是謀殺案。

而更教人震撼的是，當警方電召謀殺者及被殺者的家屬，欲分別進行調查、通知認屍的程序，卻驚悉二人的父親竟是同一人！

香港富商葉少如，家住般含道七十三號（聖保羅書院附近），早年娶了李姓妻子，生下三個兒子，可惜不久身故。後來，葉少如再娶亡妻的妹妹作繼室，再生三女一子，其中年紀最小的葉承守，是葉少如最疼愛的幼子。對於父親的偏愛，其兄長葉承尉看在眼內，一直大感不悅。

葉承守自畢業於遠東航空學校後，便一直在家賦閒著，卻獲得父母的疼愛，甚至得到父親的物業資產。相反，葉承尉生意失敗，備受冷落。

事發前，葉少如向妻子送贈一個單位，李氏疼愛幼子，遂立刻轉贈物業，葉承尉看在眼裡，怨憤難抑，遂起設局殺人之念。

葉承尉以航空公司的職位爲餌，先在各大報章刊登虛假的招聘廣告，吸引弟弟留意，然後引他自港島的住處長途遠赴九龍元嶺應徵。

招聘廣告的原文是這樣的：

「『誠徵航空機械人材』年青有志航空事業十餘名，留港任用，經驗不計，須與大陸無關，本港出世更佳，薪津優豐，應徵請播函本報信箱九〇〇號。」

應徵地點就在上元嶺村一九五號，葉承尉甚至於石屋門前貼上航空公司的商標作假裝，又貼上「台北復興航空運輸公司機航組臨時宿舍」的字樣，爲了保證殺人計劃成功，更請來了一個同謀協助，在屋內的地上挖出深坑，以便殺人後埋屍。

一如所料，弟弟葉承守眞的墮入陷阱，親往上元嶺村應徵。然而，渡海攀山，進入石屋後，卻驚見裡面竟非辦公地點，只見哥哥及一名陌生人，又見一個深陷數尺的深坑，頓時嚇得手足無措。

早有部署的葉承尉，先拿出木棍擊暈弟弟，繼而向其注射麻醉藥，打算按計劃將礙眼的弟弟生葬。

未料弟弟瞬卽醒轉，驚見身處生死關頭，立卽在石屋裡與哥哥及其幫兇展開角力。此時葉承尉惟恐詭計生變，遂把心一橫，先後連發兩槍，一槍中胸，一槍中腹，弟弟當場死亡。

就在葉承尉打算將弟弟就地埋屍之際，槍聲驚動了鄉長及一名婦人，惟恐罪行敗露，葉承尉和幫兇拔足逃跑，他卻誤入掘頭巷，最終畏罪吞槍自殺。

葉承尉之所以開槍自殺，一來當年香港仍設「死刑」，殺人者必須填命，二來他無法壓抑與化解妒忌心理，殺害同父異母的弟弟，即使自己僥倖不死，想必也難以面對父親，無論在法理、倫理上，都陷入死局，故一槍畢命，了其一生。

經警方查明一切——男子葉承守（二十六歲）被同父異母兄長葉承尉（三十二歲）槍殺，及後葉承尉畏罪自殺。

兄弟二人同日出殯，遺體同日火化，也同葬於雞籠灣墳場。

這宗慘劇的確曲折離奇，難怪祖母記得。

昔日元嶺的位置，現在是「志蓮淨苑」，也興建了公、私型屋苑。至於雞籠灣墳場，亦早已改建爲華富邨及其他公共設施。

兄弟鬩牆，當日謀殺案的事發地點、死後二人埋葬的碑墳，都一概灰飛煙滅了，惟獨人類的貪婪、妒忌心理，今日還是始終不變。

石硤尾村大火

那些年在寮屋生活的日子

現時大埔道及南昌街交界，有一所荒廢了的恒生銀行。這間恒生分行保留了舊式的銅色鐵閘，上有周代刀幣商標，每次客戶都需要踏上兩級，才能進去裡面辦理手續。現在這處已丟空多年，鏽蝕了的鐵閘，充滿歲月痕跡。

忽爾，又想起曾經與祖母的一席話——

「快到新年了，去恒生換記事簿給我啊！」我催促祖母說。

「好，那我要去石硤尾村換哦。」她想了一想。

「石硤尾？石硤尾地鐵站的恒生嗎？」

「是石硤尾村啊，當年的村口在恒生銀行旁邊，後來拆掉了。以前那兒住了萬多人，整個山頭都是人啊。」

就這樣，祖母又滔滔不絕地談起往事……

◆戰後山腳村落發展

現在深水埗南昌街的最北端，是石硤尾配水庫遊樂場，轉入龍翔道西行往葵涌、荃灣等區，左側的大片空地，設有長六百米的緩跑徑，與延坪道交匯，便是南昌街的終點。不過，於一九五〇年代，大埔道已是南昌街的終點，石硤尾村的牌坊，便屹立該處。

石硤尾村位於山腳，共分三區，村裡搭有高低起伏的木屋，中間有些平原地帶，沿溪構成天然水坑。石硤尾大街是村落的主要道路，兩旁建有房屋，也有商店，參差不齊，橫街窄巷之中，有些是兩層樓房，但建築簡陋，樓高大多不及八尺，有約一千多間，村民為數二萬幾千，相當密集，在九龍市區可謂蔚為奇觀。

聽說，清末民初之際，石硤尾村只是荒山野嶺，陰森得有點嚇人。直至九廣鐵路於油麻地設站（一九一〇年），港英政府將鄧姓、李姓的原居民遷徙至石硤尾，兩姓便在此地落戶，初時不過是數十家人。

二戰後重光，國共內戰時，有數十萬難民南移香江，石硤尾村的人口也激增起來。

由於石硤尾村急速且漫無節制的發展，每逢晚上這裡均非常熱鬧，汽燈、電燈大放異彩，彌補街燈缺席的不足。村裡眾多人們聚居，商人、工友、小販及無業者等，村民來自三山五嶽，這兒是三教九流的社區。

「有人，便有生意。米舖、士多、麵舖、肉檔及雜貨店，在石硤尾村林立。除此以外，文具店、影相館、美容院、麻雀館及車衣店，均一應俱全，就連女子理髮店，石硤尾村也有三家。」

「村中還有狗肉檔，當然是非法經營的，不過，若有村民犯禁，就算瞞天過海，走出村落，逃之夭夭，流浪狗或家犬還是會認得出同類被殺，然後瘋了似的向食客狂吠，這成為了當時的傳說。」

◆密集木屋遇水攻火劫

石硤尾村建於山腳，每逢雨季，泥土被雨水侵蝕，導致山泥傾瀉，險象環生。居民寄居險境，終日提心吊膽。

「某一年雨季，村邊山頂突然滑下大量泥石，壓毀順風台三間木屋，其中廿六號木屋內的母子被活埋，現在回想起來，仍教人心慌慌。」

祖母既喊驚，卻又要講。

「眞的很驚嚇！」

隔了兩秒，又繼續她的獨白。

「聽姊妹說，山泥開始崩塌的時候，一個父親抱著三歲女兒奪門而出，想再回去拯救兒子的時候，泥石已經壓毀整間木屋了。事後，這對父女坐在廢屋前面，相擁嚎哭，慘絕人寰。」

「水災外，村落也經常遭遇火劫，所以特別成立了防火處，購入了小型救火機四架，分別設於村內三個分區，又合共聘用十多名看更，輪流守護石硤尾村。」

「如此看來，石硤尾村之後大概很安全了吧？」我問。

「錯了，隔不了多久，石硤尾村又發生大火！」祖母激動地說。

一九五一年十一月底，靠近山邊的沙梨園橫街，這兒有一間兩層高的木屋，樓上樓下各住了五伙人。其中一戶的主婦打翻了火水爐，火舌即時穿透牆壁，經過幾間藤器店的助燃下，火勢更烈。加上風勢無定，未幾祝融侵略全村。起火之際，大部分人都外出工作，只有婦孺在家，無力撲救。

「那間木屋過去也曾失火兩次，幸虧都被救熄了。可是這第三次，再三燒起來，就一發不可收拾了。」

火燒起後，由於風高物燥，加上木屋稠密，在強風的助長下，火勢不可擋，烈燄衝天，濃煙密布，村民在灰黑的毒霧下倉皇逃走，喊聲不輟。有的拖箱帶篋，有的身披床鋪，有的手攜家具，在狹窄的中央大街奪路奔逃，橫街陋巷更是擁擠不堪，老人小孩跌倒不計其數，落入水窪再爬起，繼續泥污滿身地逃命。

南昌街口的汽車職員，見石硤尾村陷於火海，便立即撥電「九九九」報警。未幾，消防車由旺角飛至，卻苦於街喉與災場有大段距離，拖拉半小時之間，石硤尾村幾乎已全被大火舌噬了。

警察抵達現場後，四十名武裝把守路口，嚴禁閒人闖入。

圍觀的街坊目睹災場慘況，火舌沿著木料席捲其他木屋。

這時候，數十名童軍奉召衝入現場，迎向烈火，以水喉噴灑，並抽拔刀斧劈開木材，與火拚搏，弄致全身衣衫盡濕，幸而最終火舌得以撲熄。

祝融肆虐後，石硤尾村十五條街道頓成廢墟，村民二萬貧苦無依。

港英政府社會局見狀，遂予災民供應一日兩餐，惟寒冬下衣物缺乏。當時「深水埗皇帝」[1]之子、時任「街坊福利會」理事長黃伯芹，成立「急賑委員會」，徵集金錢及衣物，務求援民過冬，解決燃眉之急。不但如此，黃伯芹更開放自家大宅「東廬」供災民暫住，實在難得，但仍不足以安置所有災民。

及後港英政府批准災民原址搭建房屋，但不許再以木製，一概只准用磚石，而且屋與屋之間必須保持足夠距離，以免再次火燒連環。可是，並不是每個家庭都有足夠財力重建家園。

「大概十幾日後，深水埗的街頭巷尾、騎樓底，忽然多了數百名露宿者，他們無家可歸，每當夜間寒風吹來，父母一邊披著薄報紙禦寒，一邊緊抱著小孩，面青唇白的等待轉機，真的很可憐！」

「那麼這村的災民最後何去何從？」

「不曉得，那個年代有人餓死街頭，也不足爲奇。」

聽到這番話，一方面覺得太冷血了，一方面又感慨人命竟賤如草芥，數以千計流落在街頭的災民，眞的任由他們這樣過日子嗎？

石硤尾整個區域蓋涵六村之多，上述的石硤尾村是其中之一。而兩年之後，大火慘劇再次發生，嚴重程度甚至遍及石硤尾六村，釀成五萬災民無家可歸……

1　黃耀東（一八六五—一九四〇），生前大舉投資深水埗，興辦多家商號，又熱心區內公益事業，人稱「深水埗皇帝」，共有十九子、十二女。黃耀東死後，其子黃伯芹繼承父業，造福區內居民。

石硤尾大火

無家可歸的聖誕夜

「從前火燭是等閒事。」

「我知道，你講了大概千百次了。」

「是嗎？聽過石硤尾大火了嗎？」

「石硤尾村？上次不是已經講過了嗎？」

「這次是石硤尾大火，一場導致五萬人無家可歸的悲劇。」

「沒聽過，你繼續說吧。」

◆火警之起因

「我屬蛇，那是蛇年的聖誕節，所以特別記得。」

「當時的石硤尾木屋區，不少窮人會從鞋廠帶些皮革回家，進行捲邊、開洞的工序。捲邊需要用的膠水，廠方也會提供。」

「由於木屋區沒有電力供應，貧苦大眾點起盛火油燈，懸掛牆上，便開始辛勤工作。」

「這些木屋的結構簡陋，也不堅固。鐵鎚敲擊皮革的時候，整間木屋都會微震，怎料，當晚那位鞋匠一敲，油燈便立刻搖曳；再敲，便墜落地上。玻璃盡碎，還是小事，可怕的是，那些汽油與膠水，遇火便四處流竄，即使鞋匠趕快拿起毛毡猛撲，火舌早已穿透地板向屋外伸延。」

◆六村居民五萬人

「你說過當年火燭是等閒事，可是這次怎麼會牽涉五萬人呢？」

「石硤尾是一個區域，裡面共有六條村啊！」

現時沿著南昌街向北走，經過大埔道，便進入當年石硤尾村的位置。石硤尾村的東面是窩仔上、下村，西面是白田上、中及下村。現時的窩仔山、窩仔街、石硤尾街、石硤尾邨、白田街及白田邨，都是昔日石硤尾六村的範圍。

由於石硤尾六村設有多座工廠，堆放木料、膠鞋、電筒、棉花、藤器及火水等易燃物品，加上寮屋之間密集得沒有任何空隙，導致火燒連環。火災期間，狂風推波助瀾，火頭不斷爆發，消防員更一度被火海包圍，迫得拋棄三十條水喉。

當年石硤尾與九龍仔被山阻隔，而烈火的強度，不僅先殲滅六村木屋，再蔓延至九龍仔的邊緣，若非山勢稍高，所導致的死傷必定更多。

六村的範圍，由村民自行規劃街道、搭建木屋，經此一役，所有建設，一律化爲烏有。

「那麼，裡面的人怎麼辦？」

「還可以怎樣？」

◆火舌吞噬家園

災場內的人，拖男帶女，呼天搶地，由石硤尾六村跑出來，使得大埔道、北河街、南昌街一帶，擠滿災民，逼得水洩不通，連警車及救護車都難以進入。

一位住白田村的老太婆，一手拖著七歲大的孫兒，另一手抱著一張棉被，背著三歲大的孫女，半拐半行的由災場逃出。其兒媳仍在外邊工作，氣力薄弱的她，只能勉強拯救孫兒女，其他家當都被留在家中，束手目睹家園被燬。

窩仔村的石屋，住了一名舞小姐。當晚聖誕，是夜總會人流暢旺的時刻，爲了生活，她也顧不得已懷孕多時，放棄共享天倫之樂，穿上單薄的衣服迎客。當知悉噩耗後，立刻趕回石硤尾的家，卻被警察攔下，不得內進。可憐的她無從知悉孩子的下落，只得嚎哭。

「窮人，當然可憐。但老闆的情況亦很淒涼。」

一名潮州男人，他在白田中村開米舖，雖然來得及收拾部分行李，但逃難過程中，卻與弟弟、伙記失去聯絡，他哭著說：「錢財身外物，人在錢在，但現在家人卻不知逃到哪兒去，或生或死，無從知曉，教我如何是好？」

港英政府社會局在汝州街、長沙灣道及界限街球場，登記數以萬計災民的姓名。然而，事隔兩日，部分災民仍未曾吃飯，餓得面青唇白。傍晚時分，氣溫急降，衣衫單薄的災民在寒風中瑟縮，婦女在空曠的陸軍球場蹲在地上，以身當被，緊緊擁抱著孩子，避免童稚著涼。

「不是登記後可以領飯吃嗎？」

「是的，但分量很少，吃了還是不夠。有些人丟了身份證，就無法登記，只能捱餓，他們的情況最可憐。」

其中一名婦人，丈夫行船（海員），數年前卻失蹤了。這些年來，與女兒相依爲命，靠洗衣、繡花維持生活。火災過後，女兒找到了，身份證卻遺失了，除身上衣物外，眞的身無長物，只能捱飢抵餓，哭著抱怨天意弄人，最後失聲昏厥。

「陰功囉！」這是賑災球場中最常聽到的話。

災後，不少人無法入睡，原因並非寒冷、飢餓，而是猶有餘悸。一名二十歲的少婦，新婚不足一月，原以爲此後可享甜蜜生活，豈料烈火摧毀了這場美夢。在等候登記期間，先是累極昏厥，轉醒後依然渾身顫抖，間或突然大哭，旁人不斷給予安撫，她躺在擔架床上，透露了恐怖的經歷：

「火燒起來之後，我不斷逃跑，但烈火卻好像不斷在後面追趕。爲了活命，繞過人群，我被迫攀上人家的屋頂，還跌倒了好幾次，結果經歷三小時的逃亡，終於翻出逃到九龍仔木屋區。」

說罷，又是一輪狂哭，情緒已無法控制。

◆香港公共房屋政策

五〇年代初，港英政府只是提供地段，讓來港的難民自行搭建寮屋居住，當局並沒有提供任何公營屋宇，不少貧民無處容身，惟有露宿街頭。或者，石硤尾六村大火導致五萬多名災民無家可歸，港府實在沒有顏面讓全世界知悉此地正在發生如此嚴重的災難，爲免影響形象，遂決定極速推行前所未有的措施，以解決問題。

災後不足一星期，港府頒布《緊急法》，收回石硤尾六村地皮，利用附近山泥填平災場，興建「徙置房屋」，讓災民以低廉租金入住。由於迫在眉睫，當局先興建兩層簡陋平房作過渡屋宇，暫時安置災民，成爲公共房屋的雛型。

「你住過徙置房屋嗎？」

「沒有，我一直住唐樓。」

「住徙置房屋不好嗎？唐樓沒有升降機，每天爬樓梯很累人。」

「徙置房屋也沒有升降機，而且居住環境狹窄，煮食要在走廊，梳洗要去公廁，你身在福中不知福，明白嗎？」

祖母又借機說教，我無言以對，再一次上了一堂道德教育課。

◈ 一九五三年聖誕節，石硤尾木屋區發生大火，數以萬計市民的家園被燬。照片中的男童背負稚童，徬徨地在災場中徘徊，旁邊的樹木，均被燒成禿枝。

黑色的五〇年代

德輔道中「京滬飯店」開槍案

上世紀五〇年代，大量移民由內地南下香港，當中各路人馬包括了國民黨軍政人員、各省商賈巨富，也有一般平民百姓。十年之間，香港這彈丸之地，讓來自三山五嶽的人們共聚一處。這些移民表面上繁榮了香港，但內裡也爲香港的社會埋藏了有不少暗湧。

例如謀殺案。

多宗謀殺事件中的兇手，竟然都毫不忌諱地在通衢大街犯案，得手後逃去無蹤。即使港英政府大力緝捕，並派遣政治部緝查，大部分兇徒仍是逍遙法外。

直至五〇年代後期，暗殺案才逐步減少。

祖母回憶述說的其中一宗案件，發生於中環，而且是在繁忙的下午時段。

◆凶狠刺客連發三槍

時值一月深冬，路上行人都身穿笨重衣物，在絡繹不絕的商業區左穿右插。當年很多人大概都知曉，德輔道中六十三號的「京滬飯店」（今爲「華人銀行大廈」），是三教九流的落腳點，他們的歇息空間。

某日，下午約三時，飯店內堆滿客人正享用下午茶。

這飯店靠近門口的右邊，有一條直通閣樓的樓梯。登上閣樓，整齊擺放著三排桌子。

此刻，靠近樓梯的那張六號檯，有一個年近六十的外省男子，姓鄭，名君葆，獨自就座，正淡定喝茶；而對正六號檯，是編號卅六的桌子。

這時，來了一個年約三十、穿著灰色唐裝衫褲、手抱一件寶藍色外套的男子，他先舉目張望，然後在編號卅六檯坐下來，呼喚侍應，點了一杯奶茶。

這人，若有所思，看似鎮定，細察卻見他略有不安，未知何故。

六號、卅六號檯，彼此相安無事，直至下午三時半。

突然，那名手抱寶藍色外套的男子突然站起，一隻手極速抽出手槍，趨前瞄向鄭君葆。

鄭氏見狀，立即高舉雙手，不斷大呼：「唔好開槍！」然而，男子還是扣下了扳機射擊。

第一槍鄭氏僥倖避開了，但由於事出突然，他驚魂未定，一時未能鑽出生路，惟有在卅二、卅四及卅六號檯之間不斷躲逃。

刺客見一槍未中，遂退至閣樓梯口，再發第二槍。

閣樓空間不大，第二槍擊中了鄭氏腹部，他身陷險境，勉強負傷再作躲避。

刺客再發第三槍，似是要盡快將眼前這人了結。不過，也許操之過急，子彈誤射入閣樓隔板。由於三槍已發，惟恐已驚動了警方，他只得速逃。

凶案發生時，京滬飯店內所有食客都在恐慌之中，他們尚未埋單便奪門而出，現場一片混亂。該店負責人初時還以爲閣樓發生的是劫案，第一時間先鎖緊夾萬，然後目睹刺客在梯間開發第二槍，嚇得魂飛魄散。

兇徒逃逸後，飯店的侍應上前察看倒臥血泊中的鄭君葆，見其神志仍然清醒，但當刻他並非哀求送院，而是懇求侍應給他紙筆，艱難地寫下「鄭君葆電話二一七九六」，請侍應代爲撥電，侍應還以爲鄭氏急於聯絡家人，便立即照辦。

其中一名京滬飯店的食客逃出生天後，鳴笛召喚警察。

兇手則在無人阻擋下，經德輔道中鑽入利源西街，逃去無蹤。利源西街雖以「街」爲名，實則狹窄，兇手利用這條路線遁去，明顯經過精心計算。

◆大規模警力港九搜捕

案件發生後，警務處不僅派遣警司級高層處理，甚至偵緝處、政治部及華洋探長亦加入緝兇。警方先派人去京滬飯店套取指模，又差遣警員前往附近區域搜捕。

搜捕範圍由京滬飯店起始，包括附近皇后大道中、戲院里，伸延至灣仔「麗的呼聲」（軍器廠街及軒尼詩道交界，現今「熙信大廈」），所有路經的電車、巴士及私家車，均被截查，全部乘客需下車被搜身，是戰後以來罕見的畫面。

警員也到中環天星碼頭偵查，一見小輪泊岸，立即登船逐一搜查乘客。當時大隊警察衝入三等客位的場面，一度引起群衆恐慌。

由於遍尋不獲，警方擴大範圍，連旺角、深水埗等區亦派人搜查，然而始終未有所獲。

◆疑涉複雜的政治內情

究竟鄭君葆是誰？爲何刺客要置之死地？其中有沒有涉及江湖仇殺？

事件發生後，迅速引起港英政府的關注，不消一天，便有媒體揭開了驚人內幕。

原來，鄭君葆是假名；報稱執業經紀，也是虛報。

港英政府在鄭氏中槍後，立即接到情報，驚悉此人的身分非同小可，立即傾盡全港之力嚴加偵查，整個城市一度瀰漫緊張氣氛。

這位神秘人，其眞正名字叫「鄭星槎」，家住中環永吉街十六號，一直效忠國民政府，屬於國民政府的重要人物。抗戰勝利後，鄭星槎曾統領廣州情報機關，官階位至少將。內戰時廣州失陷，他先退至海南島；海南島失落後，便來往台、港兩地，負責港澳情報任務。

港英政府始終沒有交代案件的詳情，反映背後複雜的政治問題，只向媒體披露這是一宗暗殺案，便再沒有其他資料提供。不過，有敏銳的記者已經找出了所有資料，指使暗殺者的後台身分，昭然若揭。

當日事發之後飯店侍應按鄭星槎所寫的字條而撥的那通電話，究竟是聯絡誰人呢？有人猜想是國民政府駐港機構。

鄭星槎被槍擊，幸而大難不死，在瑪麗醫院取出彈頭後，休養一段時間便出院了。可是，還有其他在港的國民黨軍政人員遭遇凶殺，而且大部分案件都不了了之，令人懷疑背後的政治動機。

無論真相如何，都可得出一個總結——

一九五〇年代的香港，是一個黑色的年代。

政治表態的忌諱

一九五六年「雙十暴動」記

還記得早年曾與祖母談論政治表態，像她一樣於二戰後來港的一代香港人，很多時對政治似乎都不聞不問，只擔心有人身危險，時常叮囑要遠離紛爭，並聲言所有政治活動都不可參與，免得惹上官非。

二〇〇三年，香港於主權移交後舉辦的第一次大型遊行，我也參與其中。那時，家住銅鑼灣道，距離集會起點極近，面對如斯世代，沒有理由放棄表達訴求的機會[1]。還記得，在六月三十日，我跟祖母說：

「明天我會遊行。」

「去甚麼？危險啊！」

「不會啦，很快便回來。」

「很危險啊，要是你有甚麼生命危險，我們怎麼辦？」

1 二〇〇三年不少香港人對特區政府的施政及當權者感到不滿——時任財政司司長梁錦松涉「偷步買車」事件、時任保安局局長葉劉淑儀漠視民意強推《二十三條》立法、時任衞生福利及食物局局長楊永強處理「沙士」局面時被認為有所失誤等等。

然後，她拿出兩張舊照片……

◆「雙十」慶典日爆警民衝突

第一張照片所見的是「美荷樓」，那時還稱為「石硤尾村」。

照片黑白兩色，隱約看見舊式H型的舊式徙置大廈，中央大樓的頂部懸掛著「青天白日滿地紅」旗，並有一幅直幡寫著「蔣總統萬歲」。左右兩翼的每一層樓、徙置大廈的基座，都站滿了群衆，正與一街之隔的警隊對峙著。此外，兩邊大廈的外牆，也張貼了兩個大型「十字」。

「為甚麼要貼『十字』？」

「『雙十』的意思，一九一一年的『雙十』，是『辛亥革命』的發動日。」

當年石硤尾、大坑東及李鄭屋邨住了超過十二萬人，極大部分屬於親國民黨的商人、軍人，他們流落香港，舉目無親，生活潦倒，感到抑鬱，每年可以沖喜的大事，便是慶祝「雙十」。要是港英政府干涉慶祝活動的話，所觸發的反撲，定必一發不可收拾。

「那麼，港英政府最終還是來干涉了？」

「是的，有兩個盡忠職守的職員將李鄭屋邨的『雙十』紙旗撕掉了。」

事後，數名年輕人來到徙置辦公室前要求職員賠償，不果；接著，他們要求職員口頭道歉，還是不得回應；之後，他們提出要放爆仗，並且在樓宇上高掛國民黨旗，以及展示孫中山及蔣介石的頭像，亦要求當局於中文報章刊登道歉啟事。

「不過似乎誰也不想讓步。」

「試想像邨裡有數以萬計的市民作後援，你會這麼容易罷休嗎？」

圍堵徙置辦事處的抗議人士愈來愈多，由最初只有寥寥數名年輕人，到後來有超過一千人。

群情洶湧下，突然有人一聲令下，便闖進去徙置事務處內毆打職員。當時有一職員在群衆不爲意下獨身脫出，往大埔道方向跑去，惟仍寡不敵衆，被當街逮著並遭痛毆。

此刻，群衆見警員前來，便立卽衝向附近商舖奪取汽水樽，向其猛擲。在場的助理警務處長認爲警棍無用，決定施放四枚催淚彈穩住局面。

「有用嗎？」

「沒有用，群衆認爲警察偏幫徙置事務處職員。此後，他們便進入瘋狂狀態。」

◆群情洶湧延至整個深水埗區

當晚，整個深水埗區，由大埔道至青山道一帶，遠看似是熱鬧，但細看則異常緊張。直至當晚九時左右，一宗意外將事件墜落到深淵。

那時，三輛消防車駛至青山道六十四號（今「名人商業中心」），其中一輛突然衝上行人路，卽場有人被輾斃，另有八名死傷者，都是路人。群衆見狀，怒火中燒，伺機發難。

未幾，救傷車奉召抵達現場，可是此時群衆理智全失，選擇救人之際開始展開攻勢，紛紛從旁邊的九江街路口投擲石頭。

消防車、救傷車人員見狀立即躲進車內暫避，並致電召警方求助。

駐紮附近的警方接報後出動，一時間空中石塊與催淚彈交替出現，而群衆始終沒有任何配備，迅即分成兩批流竄，其中一批聚集在「嘉頓麵包廠」對開的安全島上，另一批則在九江街與警察且戰且退。

就在警方以爲成功控制局面之際，白田上村徙置大廈的群衆南下加入騷動，警方寡不敵衆，只能向青山道撤退。

這時候，一名青年人手執「青天白日滿地紅」旗，離開群衆，隻身奔前，在寶血醫院青山道門前停下，將旗幟插在路中心，然後退入人群中。

◈ 一九五六年「雙十暴動」事件。

「他不怕被射殺嗎？」

「不怕，人多勢衆，已經陷入瘋狂了。」

然後，嘉頓麵包廠前，有一個人手持大木板跑向警隊前面，向警察狂掃，這恐怕不是平日獨個兒會做的行爲。

混亂中，大埔道若干商店遭盜竊，最嚴重的是大埔道及南昌街交界的「周生生」，不僅鐵閘、櫥窗被毀，店內金飾更被搶掠一空。此外，現場也有不少車輛遭焚燬。

整個晚上，催淚彈此起彼落，殃及附近居民。有人戲言：「我死老豆之時，也沒有流過這麼多眼淚啊！」

「翌日，才是瘋狂的極致。」

◆街頭失控燒車殺人案

祖母拿出第二張照片，相中有一車輛翻側了，車牌寫著「PUBLIC VEHICLE」，編號「4761」。車輛旁邊，有一名男子燒傷了，其身上衣衫盡毀，背景隱約可見是徙置大廈，現場還可見有幾個不同年紀的男性在奔走，原因不明。

「這人名叫羅傑，有份縱火燒車殺人，結果自己也被燒得遍體鱗傷，十月十三日斃命。」

十月十一日，的士司機李眞在尖沙咀接載一對外籍夫婦，當行抵大埔道的時候，見後面的車輛不斷鳴響，便讓其爬頭，並未意識事態嚴重。

當駛至南昌街時，其車輛被不明來歷的人士截停，尚未及定神，便聽到車外有人大叫：

「打佢！打佢！」

同一時間，石如雨降，車窗玻璃應聲碎裂。

隨後，有人將李眞從駕駛席抓出來，爲了逃命，他也顧不得後座兩位乘客的安危，只管獨個乘亂逃奔。

「爲甚麼的士司機可以成功逃去？」

「因爲醉翁之意不在酒。」

據說這批手執木棍、鐵枝及竹竿等武器人士，大概於下午一時半左右，已在大埔道及北河街交界埋伏，初時其中兩人上前截停的士，司機逃奔後，兩名涉事者擬將仍載有兩名乘客的的士推翻，後來增至四人助推，仍推不動，最後竟一共來了二十人，終合力把的士翻倒。

◈ 一九五六年十月十一日，有暴徒縱火焚燒瑞士副領事夫婦所乘坐的車輛，有份縱火的其中一人自己也嚴重燒傷，最終傷重身亡。

上。

混亂中有人建議燒車，未幾便有人拿出火柴，先向車內淋火水，再燃點火柴擲向車中婦人身上。

司機李眞逃出的士走過四、五個舖位後，轉頭望見其一涉事者的褲子著火了，由於場面太駭人，他加快步伐奔往警署報案，不料抵達後卻收到當值差人表示：「依家好多嘢做，唔得閒。」

的士上那名男乘客僥倖於被縱火前早一步逃出車外，他曾徒手與羅傑搏鬥，將之擊倒，羅傑遂臥在翻側並著火的車身上。

男乘客急忙中嘗試營救正被火焰吞噬的妻子，但事與願違，於是他跑至十五碼外報警求救。最後，二人被送往陸軍醫院救治。可是，其妻已返魂乏術。

「為何的士司機報警無人理會，而這對外籍夫婦報警卻獲受理呢？」

「因爲他們是瑞士副領事恩斯特夫婦。」

事後，六名涉事者被捕，經審訊後，其中四名男子被判「絞刑」。

至於倖存的瑞士副領士恩斯特當時因傷勢嚴重，就連妻子的喪禮也未能出席，養病多時才離開香港這個傷心地。

言談之間，我聯想著「雙十暴動」的畫面——血腥、混亂，暴徒殺得性起，大概已忘掉反抗的初衷。

不過，「雙十暴動」已經是六、七十年前的事了，香港人的水平已大為提升，雖間有動盪，但不會殺害無辜。

想到這兒，我還是決定出門參加「七一遊行」。

趁有機會可以和平表達訴求時，便要身體力行；要不然，當無法再站出來的時候，便後悔莫及。

肆

◈

父　輩　見　聞
社會民生看香港

走在石板街上的一級一階

熱門「打卡點」背後的歷史故事

某天，老爸從床下底抽出一本珍藏，名爲《百年前之香港》（*HONG KONG 100 YEARS AGO*），是上世紀七〇年代由香港市政局出版的舊照片合集。書中最古雅的一個影像，莫過於一個薙髮留辮的清裝孩童，在中環石板街上被女孩牽著散步，兩旁全是舊式木樓。

◆百年前的歐陸風情

關於石板街的歷史，港英政府於一九五八年將這條街命名爲「砵甸乍街」，以紀念第一任港督璞鼎查爵士（Sir Henry Pottinger，其名字也譯作「砵甸乍」）。

我看著這照片中的石板街，感覺上這裡始終是華人社區。

「其實不然。」老爸開口。

然後，他便又說起一大堆故事，指出香港人對石板街的認知實在太少了。這裡除了是「打卡」聖地外，還有很多鮮爲人知的歷史往事。

在《百年前之香港》所記錄的社區影像中，似乎只有華人，但根據記載，一個世紀多之前，石板街一帶只有歐陸風格的建築，若要考究同類樓宇的風采，就只有中環海旁的皇后行、太子行、帝皇行及香港會等可以媲美。可想而知，石板街散發著歐陸色彩，擁有圓拱門廊、壁燈及高樓底的建築俯拾皆是。這些建築物的底層是商店，樓上是住宅。

◆「大館」的貪污華警長

「百多年前，不少『大館』[1]的華警住在石板街，其中一位，由於貪污，導致『臨老過唔得世』。」

一名苦力羅東枝，爲了生活穩定，加入警隊。經過多年苦幹，逐步往上爬，退休前升任華探長，屬於當時警隊體制中最高級的華人職位。效力二十多年後，退休在即，眼見很快便可拿到一筆退休金，安享晚年生活。然而……

兩星期後，羅東枝卻由準榮休探長，變成了準階下囚。

十九世紀末期，賭檔話事人看中警察薪金微薄，便重金賄賂，讓他們睜一隻眼、閉一隻眼，默許中、上環的賭檔可以繼續營業。賭檔的話事人精於計算，即使提供大額賄款，還是可以經賭場收入賺回更龐大的收益。

可是，這種勾結東窗事發了。

1 即「舊中區警署」，建於一八六四年，位於中環荷李活道。一九九五年與鄰旁的「域多利監獄」及「前香港中央裁判司署」建築群被列為「法定古蹟」。二〇一八年經翻新保育後成為現今的「大館」。

其時，警方搗破了一個大賭檔，其中一名同謀岑賢罪成服刑。由於心有不甘，他遂決定指控羅東枝貪污。

結果，羅氏被革職查辦。

羅東枝家住砵甸乍街四十五號，離大館只有數十步之遙。遠望大館，原本應感到自豪，最後卻只有羞愧。

◆二戰時期的防空隧道

「日軍攻港前，石板街也有防空設備，想不到裡面可以匿藏數以百計的居民。」

港英政府當年特別派員前往中國重慶視察防空洞的結構，然後在香港依樣畫葫蘆。工程期間，石板街的花崗石被翻起，然後興建了一條直通大館的防空隧道。香港重光後，隧道口被封，石板街回復原狀，抹掉了戰爭的痕跡。

◆地下公廁的傳奇故事

「還有，時至今日，石板街還留有一個排氣口，像是煙囱，其實來自地下公廁。」

二戰前後，這兒附近有大量木樓，一層伙數極多，因爲廚、廁同在一處，若煮飯時人有三急，實在很不方便，於是石板街的居民便會衝去地下公廁。

由於地下公廁在某些時候臭氣四溢，途人只好掩鼻而過，在石板街的那個排氣口，便是爲疏通地下公廁的空氣而設，但這竟吸引了外國遊客，視地下公廁爲香港景點，紛紛留影，這反而影響了香港的國際形象。

然而，地下公廁的最大敵人，不是臭味，而是停電。

由於地下公廁沒有日照，一旦停電，便引來賊人趁機犯案。石板街附近雖爲民居，但區內亦有大量商舖，不少東主、職員或會手持巨款出入公廁。聽說，曾經有一名東主在晚上進入石板街地下公廁「方便」時，卻遇上了停電，匪徒遂乘機將之打暈，奪去其身上所有財物。

港府後來決定封閉石板街的地下公廁，至今僅餘一座排氣口，見證往日歷史。

◆誤衝亂入的糊塗事件

這條砵甸乍街之所以又名「石板街」，因其有著石板模樣的梯階。

「汽車不能駛入石板街，卻偏偏還是有車強行進入，幾度引來笑話。」

上世紀五〇年代，一輛警車由大館開出，打算沿斜坡轉入荷李活道，不料收掣不及，直衝落石板街，駛至第十一級石階時，撞倒了一名手攜熱水瓶的婦人，可是車輛至此仍然無法煞停，司機極力採用「之」字形行駛，以減低向斜坡下衝的力度，幸好駛至第一百零五級石階，警車終於停下來。

另外，有一名日本遊客開車駛經荷李活道時，不曉得石板街不能行車，駛入之後，整部車卡在石塊之間，雖感到不妙，但他還是打算繼續開行，幸得附近行人大叫停車，才不致造成意外。

「自此之後，荷李活道入砵甸乍街的路口，便豎了三枝短鐵樁，以阻止車輛駛入。」

◈ 一九三〇年代砵甸乍街面貌。

◆絕無僅有的地面古蹟

經過百多年的損耗，石板逐漸磨得光滑，街坊上落得要小心，尤其是雨季期間，有行人曾不慎跌倒，假如女士穿著高跟鞋、斗零踭的話，走過石板街時，面對的挑戰必然更大。

除此之外，由於敷設地下電線、修補水管等工程掘毀了本來鋪排整齊的石板，事後卻敷衍重鋪了事，導致石板街的路面「岩岩巉巉」的。

「當時，居然有人提議將石板乾脆完全移去，改鋪柏油路面，與一般斜路無異，這可是等同破壞中環的百年歷史文化！」

幸好，香港經歷了長期保育意識薄弱的時期，石板街的部分古貌至今仍得以僥倖保留，二〇〇九年更罕有地被列爲「鋪在地面」的「一級歷史建築」。

不過，似乎大部分香港人只知道這裡是熱門的「打卡點」，卻不大聽說過這兒曾經發生過不同的有趣故事。

關於石板街的往昔，值得我們加以發掘，豐富我城的歷史文化。

六〇年代香港霍亂漫延時

尖沙咀軍營變隔離營

關於瘟疫，霍亂便曾經幾度肆虐香港。其中一次，在一九六〇年代。

「自一九六一年八月十七日，霍亂在香港漫延。」

老爸一邊回憶、一邊細說。

「像今天一樣，當時感染者身邊的人，也被視爲『密切接觸者』，不過這些『密切接觸者』並非前往竹篙灣隔離，而是被關入尖沙咀漆咸道隔離營。」

◆六十年前的香港疫情

當年港英政府一方面呼籲市民盡快施打疫苗，一方面對入境者嚴加防範，強制無注射證明的入境者入營檢疫，實行雙管齊下。

城市在霍亂的陰霾下，瀰漫著一片恐慌，市面百業蕭條不在話下，市民面對不知何時何日會被送入隔離營，誠惶誠恐中度日。

「似乎檢疫是跨世代的難題。」我說。

「以前大部分市民都只能通過報章，了解入營檢疫的過程，大家既驚慌但又好奇，一旦事件在社區發生，難免引來衆人圍觀。」

◆六〇年代的送檢場面

某天晚上，旺角砵蘭街的人流稀少，惟二〇四號卻見人頭湧湧，不少街坊圍在唐樓的大門外，哄動非常。

未幾，救護車抵達現場，將「密切接觸者」送到漆咸道軍營。

住戶大部分都合作，魚貫上車，只是一些婦女頻呼「唔好影相」，一臉尷尬。

當年港英政府將尖沙咀漆咸道軍營改裝成隔離營（現址是「香港科學館」、「歷史博物館」），六〇年代的夏天，這兒成爲了熱門的新聞地點，不過每到秋冬，又回復冷清。

據說，旺角砵蘭街的霍亂患者，是一名五十三歲婦人，病發前曾吃了豬油糕，也喝了一些燒酒，未幾上吐下瀉。服用過了中藥，但仍腹痛不止，徹夜出入廁所，嚇壞同層包租婆。於是，包租婆報警，將疑是帶菌者送院。之後，她自己也不好過，連同七伙、共十八人，因爲是「密切接觸者」，都要被送往檢疫。

陳師奶居於堅尼地城厚和街，在茶樓門口任報販。茶樓附近是大排檔，檔口的水源不潔，但陳師奶懶理，如常飲用。不久，她嘔吐大作，先是抽筋，繼而面青唇白，半隻腳已踏入鬼門關。鄰居見其慘況，立即電召救護車送院。而這位鄰居的命運也一樣，被安排送進漆咸道軍營檢疫。

水源不潔，是霍亂傳播的關鍵。

還有一名居於大埔的善信，以爲拜神、添香油可治百病，於是不理霍亂病毒肆虐，依舊前往廟宇拜祭。可是，求神不等於神庇佑，跪拜上香後，她便嘔吐大作，遍地穢物，不僅對神靈不敬，也連累廟祝被送往隔離。

總之，來自港九新界的「密切接觸者」，都被送往尖沙咀軍營隔離七天。

◆入營七天的隔離體驗

「被隔離的生活大概很難捱吧？我猜當年吃的必定比今日更差。」我說。

「不僅如此，連穿也成問題呢！」爸說。

入營前，先安排服用藥片，每小時一次，直至抵達漆咸營為止。入營後，有醫護點名，分派男女宿舍，每人有帆布床一張。若未打防霍亂疫苗者，便需要立即打針。

這時候，最尷尬的莫過於驗糞。醫護人員用玻璃棒探入肛門取樣，用玻璃樽裝好後，標註記號。接著，又有抽血、量血壓之類。經過多種檢驗後，市民大多已疲累不堪。

說著，老爸拿出了一些剪報，報道上的對答寫得繪影繪聲。

記者問：「集中營的日子過得怎樣？」

一名小孩搶著答：「不好！不好！」

小孩的母親說：「沒錯，這兒的確有飯食，但沒有餸。魚，都是腥的、臭的。」

小孩接著說：「對啊！我吃了一口，就想吐了。」

非常傳神，眞的。

此外，也曾聽說過，送入隔離營的兒童，由晚上至深夜，既不能飲水，也無法進食，有些餓得發慌，大哭起來，旁邊的父母也沒有辦法，只能安慰。

入營第二天，「紅十字會」會派發衣服及日用品。由於「密切接觸者」大多匆忙被送入營，除了隨身衣履之外，別無他物，每人會收到一份物資，當中包括：衣物、拖鞋、漱口盅、牙刷及毛巾等。

不過，有長者說：「像我七十多歲的老頭，卻派發一件細路的冷衫，眞的令我啼笑皆非。所以，有的男人領到女人的衣服，也不足爲怪了。」

派發過程大多倉卒，營友領到衣物後，如不對勁便自行交換。

◆苦中作樂的疫監生活

「密切接觸者」須隔離七天，那如何度日呢？

「你們不會覺得沉悶嗎？」記者問。

「當然不能像家中那樣自由吧。」伯伯答。

營友大多是看報紙、圖書，幸好營中也有象棋、樸克牌供消磨時間。後來還有收音機、電視機。

「營內最開心的是甚麼？」記者問。

「營內不會制水，廿四小時都有自來水，不少人在營中一天洗澡四、五次，這是唯一稍感快活的事。」

港英政府爲了衛生，都任由營友洗澡，遠離不潔。回想上世紀六〇年代，香港市民都經歷過「制水」的苦況，曾一度每四天才供水一次，每次四小時。

經過一星期的隔離，營友終可回復自由，返回家裡。不過，由於家中被灑過藥水、藥粉，還被硫磺熏過，瀰漫著一股難以形容的強烈臭味，令人忍不住想嘔吐。

老爸說，當年霍亂肆虐香港，瘟疫爲香港人帶來了困擾，但市民大致上都諒解合作。

病毒可防，人禍難避。

未知上世紀的疫情，爲今日的香港帶來了甚麼啟示？

香港首個衛星城市

觀塘裕民坊的生活記憶

大概十年前，舉家遷往茶果嶺，入住區內某大型屋苑，與觀塘工業區爲鄰。十年間，見證觀塘工業區急速發展，工業大廈紛紛轉型，變相成爲極大型的商場，無論衣食住行，在區內均一應俱全。同時，海濱由裝卸區改建爲公園，沿著海邊可進入啟德地段，加上工廈改建成商廈，風景煥然一新。

◆觀塘工廈的特色

「從前的觀塘，其實規劃得也不怎麼樣。」

老爸興之所至，又想當年了。

「觀塘的工業大廈沒有煙囱，你知道原因嗎？」

經他一說，我才知道，這兒改建之前的規劃，一塌糊塗。

觀塘工廈的上空，是「啟德機場」[1]的飛行航道，假如飛機在煙霧瀰漫的觀塘上空經過，而且又同時遇上大霧的話，便甚有可能導致墜機！

「排放濃煙會阻礙飛行，所以觀塘工廈都只能從事輕工業，一切都源於遷就啟德機場。」

1 正名稱為「香港國際機場」，於一九二五年起啟用，直至一九九八年機場遷往大嶼山赤鱲角。

◆區內民生與罪惡日常

「而且，區內品流複雜，好危險。」老爸續說。

上世紀六〇年代，觀塘住宅區的配套設施逐漸完備，不少在工業區上班的人，婚後搬至區內生活，落地生根。

不過，因爲住滿了貧苦大衆，有人爲了生計而爭奪地盤，是區內常見的事。而街坊、工人爲求站穩陣腳，又往往聯結同鄉互爲聲援，再加上「黑社會」從中介入，經常將事件變得複雜。兩派不合，便會火拚起來。

「以前觀塘會經打死人，所以你的祖母便不准我踏足東九龍。」爸說。

五十年前的裕民坊，近康寧道的一段有大概二十個生果檔，其中有檔口分別以一名潮籍與一名陸豐籍男子爲首的兩幫勢力守場，雙方爲了生意本來已經常爭吵，措辭激烈，而兩幫之中，以潮州人較多；此外，他們都要向「黑社會」交「保護費」，於是各檔口都更落力擺賣，以掙取收入。

◆裕民坊大屠殺

老爸回憶著，說起當年報紙上的其中一名新聞主角——林波。

林波家住前身稱爲「掃墓坪」的秀茂坪邨，其未婚妻在觀塘工業區工作，二人交往多年，事發當日之前，他們在婚姻註冊署註冊，正式成爲夫妻，不過礙於家中習俗，婚事儀式稍爲延遲。平日，林波都在裕民坊擺賣生果，已有兩年，不過他並不是兩幫派之中的涉事人士。

某天晚上約十時，潮州幫與陸豐幫爆發衝突，兩派人先雲集裕民坊「國泰大樓」附近，雙方由頭領出面談判，惟仍然無法平息糾紛。於是，各自的頭領著令手下準備就緒。其中一派人避免誤打自己人，遂口含白布，以資識別。

械鬥隨即展開。兩派人馬，抽出西瓜刀、鐵尺及單車鏈等利器，在裕民坊一帶追逐廝打。口含白布的一幫人數較少，寡不敵衆，惟有且戰且退。其中一人逃入康寧道十二號（今裕民市集）時，遭六至七名對家的兄弟從後攻上，刀棍齊落，重傷昏迷，鮮血流遍一地。

劈殺期間，有人目擊三十多名持利器者衝入裕民坊，未幾刀光劍影，隨後見一些小販被襲擊。當時林波大概以爲事不關己，沒有走避，不料口含白布的一方有人殺得性起，一刀劈在他的頸項上，林波當場死亡。

未婚妻驚悉丈夫死訊，自此陰陽永隔，哭成淚人。

平日晚上的裕民坊，本來人流已極多，兩派人揮刀，勢必殃及街坊。當時一位的士司機見狀，仗義兒截附近的警員，以盡快報案求助。

警方趕至，先將其中兩名兇徒擒下，稍後再將三名刀手捉拿歸案。

報章將事件稱爲「裕民坊大屠殺」。除林波不幸身亡外，還有十一人受傷，當中有幾位屬無辜市民。

經審訊後，法庭將其中四名犯案男子判處「死刑」，當中一名兇徒吳理建在判決後於赤柱監獄自縊身亡。

當年被法庭判處「繯首死刑」的囚犯，離刑期執行前，日夜受盡煎熬，故有人選擇以自殺作解脫，不足為奇。

早知如此，又何必當初？

不過，由於港英政府於一九六六年十一月停止執行「死刑」，故其餘三名匪徒最後改為「終身監禁」。

「現今裕民坊重建，昔日刀光劍影的地段，早已變成豪宅了。」

對尋常百姓而言，從前觀塘龍蛇混雜，並非宜居之所；今日豪宅呎價昂貴，亦非安身之處。

香港為甚麼會是這樣子呢？

天星碼頭的「斗零騷動」

向時代說「不」的先行者

早前聽電台節目，講述上世紀六〇年代天星小輪加價事件觸發了社會騷動，不少青年被捕，主持人找來親歷者現身說法，被訪者異口同聲均指事件歸究於加價五仙。

聽著廣播時，我心裡認爲這個結論看法似乎太片面了，即使舊時代五仙或許可以購買很多東西，但箇中定必有其他原因觸發騷動。不過當時念頭一閃而過，我沒有馬上再作深究。

直至某天晚上，老爸閱讀報章時，忽然開口說出一句評論，勾起了我的注意。

◆加價「斗零」的迷思

「這裡說『一九六六年騷動』又稱『斗零騷動』，實在胡說八道！」

「當年天星小輪不就是加價五仙而觸發九龍騷動嗎？」

「這樣說是以偏概全吧！天星加價只是觸發點，整個社會掀起加價風潮，才是全港市民吃不消的事情。」

一如我早前所想的，這不是由「斗零」引起的社會運動。

「當年還有甚麼加價？」

「甚麼東西都加價啊！在這種風潮下，市民都不敢站出來抗議，但民間卻出了一個蘇守忠，高調聲言絕食反加價，自然得到全港市民的支持了。」

◆蘇守忠的絕食抗議

一九六六年四月四日下午，尖沙咀天星碼頭人流極多，那裡忽然出現了一位奇裝異服的男子——他戴著黑框眼鏡，身穿黑色外套及黑色西褲，其外套的背面寫著「絕飲食」、「反加價潮」，衫袖則用中、英文寫上「支持葉錫恩」等字句。

他站在碼頭通道的矮牆上，進行「絕食反加價」的抗議。

這位青年拒絕透露其姓名及住址，報稱職業爲作家。他手上拿著一份英文報紙，內容是葉錫恩議員[1]反對加價的言論。

衆目睽睽下，這人的行爲顯得特別耀眼。在人流絡繹不絕的天星碼頭，大量途人駐足察看這名青年的舉動。

當時的市民處於一片痛恨加價的氛圍中，突然有人敢於公開抒發衆人的心聲，當然誘發共鳴。

「係啦，呢樣又加，嗰樣又加，點樣生活啊？」

「政府自己都帶頭加價，其他行業梗係一齊加啦！」

---

1 杜葉錫恩（Elsie Hume Elliot Tu，一九一三－二〇一五），生於英國，能操粵語，一九五一年來港後，關注香港的社會民生及教育狀況，也敢於揭露貪污問題，一九六六年曾收集數以萬計簽名，反對天星小輪加價。

「呢位仁兄眞係勇敢！多謝！」

黑衣青年向在場市民說：

「這件事正是一個開始，樣樣都加價，絕不是一個『斗零』這麼簡單！如果沒有實際的行動反對，政府是不會理會的。」

◈ 蘇守忠站在天星碼頭一矮牆上作出絕食抗議。

當年社會保守，鮮見有人像他如此打扮，膽敢站在街頭作出抗議。所以，不久便吸引了記者上前訪問。

記者：「你希望市民加入你的行動嗎？」

青年：「我希望人們都採取行動，但不希望引起行人不便。」

記者：「你打算在這裡逗留多久？」

青年：「這很難說，直至我不由自主的時候吧。」

這名青年絕食已超過二十小時，大概凌晨四時離開天星碼頭。回家後，水只渴了幾口，休息一會兒，然後便又出門。對於母親的反對，他並沒有理會。

翌日早上十時三十分，他還是穿上同一套衣服，站在同一個地方，繼續絕食，堅決反對加價。

◆盧麒的加入與群眾遊行

青年的行爲獲得大衆認同，他拿出一塊黑色紙板，用白油寫上「絕食第二日」的中英雙語字句，懸掛在走廊的鐵枝上。

這天，有另一位年輕人，也加入了他的絕食行動。

大概下午四時，海傍警署的警長知悉天星碼頭有大量人圍觀，於是與該名青年展開對話，勸他離開，但不得要領，只好先撤退。

在天星碼頭圍觀的市民愈來愈多，堵塞了出入閘口的通道。警方憂慮更多民衆聚集，聲勢一旦壯大，便有機會造成群衆集會，後果難以預料。

大概五時，警長再次前往碼頭勸青年離去，引起群衆一陣騷動，叫囂聲不絕於耳。爲了防患未然，警長於是是以「阻街」之名逮捕了這名青年。

青年被捕後，其身分才被揭露。

他名叫蘇守忠，二十五歲，任職翻譯。

至於參與絕食的另一位年輕人，名叫盧麒[2]，在蘇守忠被捕的那天晚上，他聯同數百名市民在九龍半島遊行，由尖沙咀天星碼頭直抵深水埗，沿途高呼反加價口號。直至翌日凌晨，警方見遊行隊伍仍然未散，遂派出防暴隊，以備不虞。

而經過一晚的關柙，蘇守忠保釋外出後，便又返回天星小輪碼頭，繼續站在矮牆上作出抗議。路過的巡警見狀，認出他便是新聞人物蘇守忠，爲免他惹來麻煩，立即上前干涉，要求他立刻下來。

此時圍觀的市民對巡警噓聲四起，巡警見不得要領，只好先行離開。

2　在天星小輪加價事件中，盧麒（一九四八－一九六七）於四月五日加入蘇守忠的絕食行動，在蘇守忠被警方拘捕後，他當晚聯同千名港人在九龍遊行作出抗議，被警方拘捕，控以「煽動破壞公安罪名」，判守行為三年。後來，警方又指他涉偷竊單車而再作出拘捕。審訊後判入獄四個月。一九六七年三月二十三日，盧被發現於寓所內吊頸身亡。

◆遊行演變成騷亂

也許市民所積壓的不滿太多了，經歷四月四日、五日的發酵後，更多人加入遊行宣示訴求。

不過，四月六日晚上的遊行已然變質，演化成暴亂，期間發生燒車、搶劫等事件。在後來的獨立調查聆訊中，葉錫恩、盧麒等人披露有流氓混入示威者之中，乘機搞破壞；甚至指出四大探長之一藍剛曾脅迫示威者作出誣諂，訛稱收受了葉錫恩的賄款，繼而上街破壞社會安寧。然而，這些供詞在後來的調查報告中都隻字不提。

四月七日，蘇守忠曾親自前往警察總部，聲言願意隨時出面勸說示威者止息干戈。不過，警隊高層對他置之不理。

「這個人眞是天眞！他以爲自己可以出面勸交，煞停所有暴力行爲。」爸說。

「他應該是誤判形勢，一來暴徒是流氓，混入了反加價的示威者之中；二來民怨沸騰，不是他挺身勸說便可以調停吧。」我說。

「就是啦。」老爸附和。

當天晚上，九龍暴動持續，港府宣布「宵禁」，蘇守忠完全失去影響力。

「不過，我認同當年葉錫恩的講法，蘇守忠敢於一個人絕食抗爭，這種勇敢行爲，之前從來沒出現過。」爸說。

「當年在他之前，沒有人出來抗議過嗎？」我問老爸，心想：究竟是舊時代太保守，還是當時社會太多禁忌？

「沒有，舊時代大部分人都明哲保身，所謂『獅子山下精神』，除了守望相助外，最重要的還是吃飽穿暖，談社會公義，似乎太遠了。」

「現在蘇守忠去哪兒了？」我問。

「出家做和尚，近年有時還會評論社會大事。當年他是社運先鋒，但今日已有半隻腳走入歷史了。」爸說。

蘇守忠作爲時代的先行者，敢於對抗不公，高調的反對加價浪潮，在上世紀六〇年代可謂難得一見。不過，他似乎自視過高了，妄想以一己以力可化解騷動。

他的同行者盧麒似乎走得更前，帶領群衆遊行，以更高調的姿態表達不滿，奈何流氓、黑社會滲入，瓦解了整個運動，實在是一齣悲劇。

不過，沒有蘇守忠，就沒有盧麒，也便沒有銘記於香港歷史的這一場社會運動。

摩星嶺白屋的隱密暴力

懷疑「點錯相」政治冤案

一直以來，上一代對政治似乎都存有恐懼心理，長輩時常勸說不要「行差踏錯」，不只是提醒我們不要犯法，當面對社會大事時，更要「避之則吉」。簡單來說，「明哲保身」就好。對此，總覺得難以理解，關心自己的家園，有何問題？

某天，我鼓氣勇氣跟老爸傾談這個話題，他便說了以下往事……

◆敏感時勢下的政治命令

二戰後，港英政府頒布法令，有權將不受其歡迎的政治人物遞解出境。若需審問，則有摩星嶺白屋及滦咸道軍營作疲勞逼供。

上世紀六〇年代，國民政府的殘兵敗將雖已落戶調景嶺多時，但其外交舉措及收集情報的政治嫌疑，還是牽動著港英政府的神經。

◆港九多處驚見危險爆炸品

一九六三年的某天，港九多區有驚人的發現——

灣仔皇后大道東一個單位，藏有一個包裹，內有炸藥及雷管等爆炸品；旺角彌敦道一間銀行的保險箱內，被發現儲存子彈、汽油彈及大量氰化鉀；在其他區域，也相繼發現炸藥、汽油彈及其他爆炸物。

在人煙稠密的鬧市放置危險品，一旦發生爆炸，導致死相枕藉場面，實在不堪設想。警方相信匪徒以各式包裝來掩飾爆炸品，對人身安全構成嚴重威脅。

霎時間，社會一片恐慌。

「你或許會好奇，究竟是哪一幫暴徒打算策動炸彈襲擊？當時，港英政府認爲，是一個獨行俠。」

◆毆打扣柙良民教師

陳健健家住竹園。自上年紀六〇年代開始，竹園逐步開闢成徙置區，公營房屋、石屋及寮屋等交錯搭建，漫山遍野，居民極大多數都是貧苦大衆。

一九六三年一月八日，從事教師的陳健健，經過一天的辛勞工作，疲倦地下班，返回竹園道石屋寓所，洗澡更衣後，倒在床上睡去便不省人事。

豈料翌日清晨六點，居然有四名男子圍在陳健健身邊吆喝囂叫，將他吵醒。

他一睜開眼，便見八隻眼睛如狼似虎的俯視自己，想驚呼大喊有賊之際，其中一名健碩男子便大喝道：

「起身！」

這時，陳健健才看清楚面前有四名男子。他被押往客廳後，再發現四名男子。為首的一名歐籍男人，下令三人搜查陳健健的房間。

歐籍男人質問陳健健：「你替台灣人幹哪一類的勾當？」

「我不知道你在說甚麼。」

言未畢，那名歐籍男人一記毆擊陳健健的腹部。

陳健健痛極，不支倒地。歐籍男人似是大仇未報，再出拳打向其面部。

歐籍男人再問：「你有否獲得資金開辦報館？」

「沒有。」

陳健健的面部再被痛擊，鮮血淋漓，既痛且怒，他也顧不得了嗚冤，欲先追究強闖民居的責任。

他強站起來，向歐籍男子質問：「你們憑甚麼闖入我的住所？」

歐籍男子指出，他們持有港督簽發的命令，懷疑陳健健參與跟台灣相關的不法勾當、意欲策動炸彈襲擊，故根據《遞解外國人條例》將其帶走扣留。

陳健健聞訊立刻呆著，眼前這班流氓竟是警察？他又何時變成了「外國人」？為何自己會被港督盯上了？大惑不解，遂向歐籍男子等人提出質疑：

「這也不是濫用私刑的理由！」

可是，陳健健再被毆打，靈魂幾乎出竅。未幾，這班警察將他押上私家車，移送至堅尼地城山腰某座建築的一個地窖之內。

這處，便是摩星嶺白屋。

被柙原因，是家住竹園的陳健健，被懷疑有份參與炸彈襲擊！

◆不知日夜的疲勞偵訊

「摩星嶺白屋於戰後落成，最初爲駐港英軍住所，其後被政治部接管，關柙從事政治、間諜及意圖推翻港英管治的疑犯。曾是華人警官的『香港第一諜案』主角曾昭科、中華中學校長黃祖芬、著名演員傅奇及石慧等人，也曾遭關柙在此，是一個充滿詭異、陰沉的地方。」老爸說著。

「傳說白屋之內，疑犯會接受『疲勞偵訊』。一旦罪成的囚徒，便有機會被遞解出境。香港市民大都不知道裡面的狀況，不過，陳健健卻是少有被押後，對外清楚披露事件始末的人。」

摩星嶺白屋的廿八號室，面積六乘十尺，裡面只有一張三尺闊的板床。除此以外，就是天花板上的一個電燈炮，徹夜亮著。因爲，房間內沒有開關掣。

陳健健被押解、拍照，並印下指模。

翌日，他又被帶到一個房間，接受一位外籍官員及一名華籍翻譯的盤問：

「你知道被捕的原因嗎？」

「我不知道。」

一拳重擊，再度打向他的腹部。

「你是替台灣工作的間諜嗎？」

「不是。」

然後又一輪毆打，並遭威脅說：「若果你不供出同黨及具體計劃，我們必定將你毆斃。」

經過一輪盤問後，他又被帶返囚室。囚室之內，燈光一直亮著，又沒有窗，根本不知日夜。另外，飲食不足，令他處於疲累虛脫的狀態。

陳健健對自己爲何被關柙，實在摸不著頭腦，更無端與台灣、軍火案扯上關係，更感荒謬。

回想一九五八年，這位來自內地的十九歲學生，游水渡過深圳河，前往香港尋找生存之路。在逃亡期間，他清楚記得河上的浮屍。

一條深圳河，不僅是邊界，是社會主義與資本主義兩大陣營的界線，更是生存與死亡之間的鴻溝。

上岸後，陳健健步行至九龍。跋涉長途落戶香港後，他逐步安頓下來，並通過努力成爲一名教師，以爲自此便可以開展新生活。

豈料，這次無辜的扣押，再次觸發他對人生的困惑。之後，陳健健被移送至摩星嶺白屋的卅一號房，與另外三名人士共處一室。

警方告訴他，由於港督簽署了命令，他必須被扣押兩星期。

在囚期間，他留意到囚犯盤問前大多一聲不發，而經盤問、押返囚室後，便不斷呻吟。所以，每次陳健健聽到門外的腳步聲，便不斷冒冷汗，手腳不停顫動。直至腳步聲遠去，才得以鎮靜下來。

十三天後，陳健健突然被命令收拾東西離去。那時他口袋裡只有兩毫子，沒有足夠金錢渡海返回竹園道住所，他向警察說出困況，卻只得到以下回應：

「你行路返屋企囉！」

◆向媒體披露以求公義

回家之後，陳健健發現家中所有值錢物件都不見了，除身穿一套衣服外，全屋只剩一件外衣及一張床單。究竟是否有盜賊入屋？不得而知。

陳健健打算繼續上班，卻因失蹤十三天而被校方辭退了。他只好另謀高就，但當別人知悉這次事件後，也懷疑其背景，害怕聘請這位曾被警察帶走的疑犯，就連朋友也對他避之則吉，拒絕見面。

在無路申訴的情況下，陳健健決定向報章揭發事件。不過，一如所料，警方回應指，對於有人向傳媒披露被警察虐待的事件，純屬子虛烏有。

警方發表的聲明如下：

「陳健健係於警方調查幾個已知之特務團體活動時被拘禁者，陳被看見與其中某些特務有來往……彼等之目的是在本港組織在本港以外進行之破壞活動……政府決心盡其所能撲滅此種活動，及盡量減輕對公共秩序與安全之威脅。」

事件曝光後，不少政界人士認爲港府應展開調查，「革新會」[1]主席貝納祺（Brook Antony Bernacchi）更指出：「如果事件屬實，則（警方）非常殘暴。」

《英文虎報》（*The Standard*）爲事件特別撰寫了一篇《警察的權力》社論，指出陳健健事件迫使每一個「能思想」的香港市民，不能啞口無言，反映事件在當時的嚴重性。

文章叩問：「警察行動的自由，是否有某種限度？超過這種限度，便不能接受？……對於並無犯罪紀錄，被捕時也不是在犯罪中，只有些微的懷疑者，我們便認為這種不必要的暴力應受到最嚴厲的制裁。」

港英政府礙於形勢，決定於同年二月九日成立委員會調查事件真相。不過港府卻指出，委員會作出的證供，將不能在日後的任何刑事案件中採用。這或者說明了，即使有人在委員會透露事件

1　於一九四九年創立的政治團體，港英政府視之為「反對派」。

眞相，這眞相還是會石沉大海，原因在於調查報告不會公開。

這是爲了保護政治部的權威。

之後，香港星系報業公司（《英文虎報》及《星島日報》）入稟法院，質疑調查委員會並無權力調查陳健健事件，結果上訴至英國樞密院，最終還是敗訴。

後來，港英政府反過來控告《英文虎報》及《星島日報》誹謗。

「『陳健健事件』揭露港英政府的一次錯誤行動。後來，即使港英政治部證實陳健健的清白，不過港府的獨立調查報告書卻沒有承認虐待過陳健健。」

「所以，政治是黑暗的。」爸說：「要避之則吉、明哲保身。」

「我不同意。陳健健事件，不就是『就算你不找政治，政治也會找你』的最佳證明嗎？」我說。

爸無言以對。

北角清華街血案

鐵罐炸彈慘殺兩姐弟

「爸，『六七暴動』的時候，上學會遇到困難嗎？」

「不會，我自己沒有看過炸彈。」

「不是說鬧市都遍地炸彈嗎？」

「聽說是的，不過那時經山路上學，由堅尼地道、上亞厘畢道走到堅道，一路上都很安全。」

「那麼，你還是會到遊樂場玩耍嗎？」

「那便沒有了，我的媽、你的祖母，不容許啦。」

「爲甚麼？」

「因爲一九六七年發生了『北角清華街血案』，所有家長都猛然醒覺，童稚都大有機會死於左派狂徒的炸彈襲擊，所以除了上學外，我便被關在家中做功課。」

◆路邊不明爆炸品

那年盛夏，香港殯儀館的靈堂中央，擺放著兩名孩子的照片。

「炸人於死總要報，死者難生終雪仇。」

「日望長兒成女大，今逢毒手竟身亡。」

「坊眾同哀姐弟罹難，人天共憤匪徒喪心。」

來自親友、街坊等的輓聯，掛滿了莊嚴肅穆的靈堂。

喪家席中，父母的眼淚大概早已流乾，欲哭無淚。在衆人中，最難過、最傷心的，莫過於五十七歲的祖母，兩名孫兒死於非命，哀傷欲絕。寂靜的靈堂中，有親友念及童稚無辜，一聲啼哭，隨卽牽動在場弔唁人們，流淚不止。

一名記者上前訪問失去一對兒女的爸爸。這名父親一抹哀痛神色，稍加振作，對於慘劇的發生，他堅定的逐字吐出以下的說話：

「我的兒女無辜被殺，假如左派分子繼續胡作妄爲，全港市民必定予以痛擊。」

數天前，這對姊弟仍然健在。姊姊，黃綺雯，八歲；弟弟，黃兆勳，三歲。事發前十數分鐘，父親黃耀榮因工作在身，先返回五金店，留下一對子女在北角清華街斜坡一帶玩耍。當時，雖然左派暴動熾熱，不過這兒既沒有政府機構，也沒有商店，只是一條車流稀少的橫街，不少父母還是讓子女在這兒玩耍，小孩也得意忘形，似乎外界的動蕩與他們沒有絲毫關係。

不久，兩姊弟發現私家車旁邊有一個鐵罐，立卽勾起二人的好奇心，上前揭開罐子。

怎料，一聲爆炸，便陰陽永隔。

這下巨響，遠至數條街外，甚至半山的居民，都清楚聽到。旁邊的「天主教聖猶達學校」的地下、二及三樓的玻璃窗，都被震碎了，可知威力之大。

聽聞巨響，父親黃耀榮心感不妙，遂步出舖頭探視究竟。不料驚見一對子女倒臥血泊，皮開肉綻、血肉模糊，女兒已無氣息，兒子側臥，口鼻流血，其胸前多處傷口，但見兒子尚有呼吸，黃父立即將他抱入店內，並呼求鄰居協助報警救援。

惟救傷車抵達後，兒子也已斷氣了。

◆一個平凡父親的哀傷與控訴

黃父不斷哀求說：「求你救救我的兒子吧！」

「你的兒子沒救了，還是送往殮房吧。」

「求你救救他吧！」

「你看，胸部炸成這樣……何況，他已斷氣了。」

黃父一臉蒼白，只能目送子女離去。

其他在場的家長，還未搞清楚狀況，惶恐之中紛紛將童稚帶回家中。

黃耀榮愣在當場，心情久久不能平伏，直至警察上前查詢。

「聽到爆炸聲後，我立即跑出去看個究竟，豈料只見兒女被炸死了，爲甚麼會這樣……」

「主謀爲何這樣做……若這批人對政府有任何不滿，應採取合法途徑解決……」

「在這種高密度的住宅區放炸彈，甚麼人會設計這種恐怖襲擊……」

事件發生後，銅鑼灣警區警司夏利士向媒體表示：「這等同向兒童宣戰。」

他向市民說：「家長請採取一切預防方法，阻止兒女拾起、觸摸罐狀物件。」

他更批評炸彈狂徒：「這是我所經歷的案件中，最令人厭惡的罪行之一。」

警方懸紅二萬五千元，緝拿放炸彈的兇手。

慘劇激起全城憤慨。九龍出現了巨幅白布條，上書「北角清華街血案，應由鬥委會負責。」十四個字，道出了三百萬市民的心聲。

「即使要反英抗暴，也不能殺害無辜啊！冤有頭，債有主，殺害手無寸鐵的人，只能算是匪類罷了……」

海底隧道爆炸之謎

拆彈專家至今未解案

又是一個無聊的晚上，拿著搖控，對著智能電視隨便挑選，結果翻出一齣警匪電影，劇情提及炸彈狂徒打算炸毀「海底隧道」，像是驚心動魄，似乎很不錯。

老爸看見，卻不以爲然，拋下一句：

「香港眞的發生過類似事件啊，電影不過是抄橋而已。」

「海底隧道曾經被炸嗎？咁大事件冇人講嘅？」

「炸彈狂徒就沒有了，曾經爆炸卻是千眞萬確的事。」

◆海底管道突然爆炸

自二十世紀初，港英政府已積極籌備興建海底隧道，跨越維多利亞港，連接九龍半島及香港島，可惜造價高昂，直至戰後仍無法實現。當局曾一度擬以「港九跨海大橋」作爲替代方案，不過後來還是決定興建海底隧道，惟仍然面對著龐大融資與賠償「天星小輪」及「油麻地小輪」專利權等問題。

一九六九年九月一日，海底隧道工程終於開始動工。

一九七二年初，到了接近完成的階段，工人日夕加班，期待早日通車。

海底隧道的興建方法，是先造好多個沉箱，然後再實地裝嵌，屬於當時工程界的重大突破。

不過，就在海底隧道為香港歷史揭開新一頁之前，不料先發生了一樁震撼全港市民的爆炸性事件——

一九七二年一月十四日，近一百名工人逗留在海底隧道裡晚膳時，突然傳出爆炸聲，工人拿著飯盒，驚惶抬頭張望之際，隧道內部濃煙飄至，未幾更火光四射，一眾工人見狀，立卽棄掉一切，拚命朝紅磡方向奔逃，這個場景可是電影拍攝無論如何地逼眞，也比不上的眞實畫面。

當時，工人們都擔心洪水卽將湧入隧道，倘若來不及疏散，便會一命嗚呼，葬身維多利亞港……

◆二十分鐘亡命逃生

爆炸、巨響、煙霧，似乎還不足以描述當時的恐怖場面。

未幾，電力中斷了，隧道內隨卽漆黑一片，伸手不見五指。工人只好猶如在黑暗的洞穴中穿行，大概二十分鐘後，才終於逃出生天。

走出隧道，在遠方霓虹光的映照下，看見所有人身上都披滿爆破形成的泥塵。

二十分鐘的摸黑逃難，究竟是怎樣的一個體驗？要是迷信的人，大概會以為自己早就成為了地獄行者吧。

有工人被爆炸剝裂的飛石割傷、砸傷了，逃生終於到達紅磡時，只能俯身爬著出去，筋疲力盡，還以爲戰爭重臨香江。

「我聽到一聲爆炸，似乎來自維港，但事前沒有任何異樣。」

「當時我在五號沉箱，忽然隧道有一段發生大火，未幾有手足跑來，狂呼喊叫，喝令我們立卽逃跑。」

「一些工友受傷，似乎有些人被困了。」

「當隧道內發生爆炸，我以爲這次死定了。整條管道都是驚叫、狂呼，我們只能憑著意志逃出生天。」

這宗海底隧道爆炸事件，導致五名工人受傷，送院者猶有餘悸，嘴角仍然微顫。

將心比己，如果換成是自己經歷這一切，恐怕會瘋掉吧。

◆突發意外？惡意所為？

事件發生後，最出人意表的，是警方的調查方向。

翌日，警方宣布將事件列爲「縱火案」，由「事件」變成「案件」，數十名工人連夜被警方傳訊，無論是起重、燒焊、鏟車、吊車、抽風機及泥水等部門，均在調查之列。

據說，經軍火專家調查數小時後，在海底隧道發生爆炸的第十節及第十一節沉箱，發現了可疑物體，懷疑有人縱火，由於香港近幾年已發生過數宗爆炸案，一時恐慌籠罩全城。

香港市民知悉事件後，也無法冷靜面對。從前，香港人認為穿行地底來往港九，就好像落入地獄一樣，將之視為不祥。若行車途中，隧道突然爆炸，那麼豈不是活生生葬身大海了？

五名受傷工人中，王志強最接近爆炸點，他身上多處灼傷。

事發當日，有目擊者看到王志強變成火人，竭力向紅磡跑去，其傷勢極重。入院後，他處於昏迷狀態，一個月後終告不治。

直至一九七二年八月二日海底隧道通車，爆炸之謎仍然未解。

當年，藝人「開心果」沈澱霞出席啟用儀式，乘車穿過隧道時，真不曉得大家是否都已忘記了這宗爆炸慘案？

聽罷老爸的回憶後，我呆了好幾秒。

「好了，你還繼續看電影嗎？」老爸說。

「不看了，剛剛已聽過一段恐怖廣播劇。」我淡淡的說。

「……」

伍

◈

如我所見
親歷其境在香港

北角邨的日與夜

最懷念那街邊檔的鑊氣炒麵

港島北岸一帶的海濱地段中，北角邨窗外的風景無與倫比，望向九龍灣及啟德一帶，視野最爲遼闊，東九龍及舊機場跑道景色盡收眼簾。

秋冬之間，乘坐渡輪迎向海風，愁緒一律拋諸腦後。

不過，那些年，祖母、父親都認爲北角邨是三教九流之地，品流複雜得無以形容。

◆一個地方，兩個世界

「簡直是惡人谷！整張梳化從天而降！若果有人經過，必定一命嗚呼！」

我一向膽大，聽罷「天降梳化案」只添好奇心！那些年每天有兩元零用錢，苦儲幾天之後，便獨闖北角邨消費，不吃無歸！

昔年這兒是美食勝地，童稚年代總是甘願錯過校巴，也要拿著僅有的零用錢來品嚐海濱的雜食，然後才乘坐10號「熱狗」中巴[1]回校上課。

1 即不設空調的巴士，由二〇一二年五月九日起，香港專營的「熱狗」巴士正式退役，全面改用設有空調的巴士。

◆四蚊炒麵，十足鑊氣

早上七時左右的北角邨，不少小販已投入幹活。

魚蛋、牛丸太常見，我沒興趣，炒麵是我的至愛。四元炒麵，價錢不僅包括食物，還有小販那巧手廚藝，強勁的鑊氣，物有所值。

那炒麵檔，其實是一輛木頭車。木頭車的中央，是鐵鑊；鐵鑊的周邊，擺放著各種調味料，食油、豉油、甜醬、辣醬及芝麻等，都整齊地放在一旁。

檔主是個胖子，頭髮稀疏，面色紅潤，無論春夏秋冬，都只穿一件白色內衣。肚腩微微突出，逗人發笑。

每次走近，胖子老闆便會問：

「細路，食咩啊？」

「炒麵。」（其實這檔只有炒麵～）

「四蚊炒麵，係咪？」（四蚊的分量，大概是按身高、年齡及體重作決定吧！）

「係。」

「加芽菜嗎？」

「唔要。」

木頭車設有上、下格，下格堆放著幾個膠袋，盛著麵條、芽菜之類。落單後，胖子老闆微微彎身，左手抓一把麵條，然後再捏一捏，似乎生怕多抓了，會蝕本。然後，右手向鐵鑊澆油，麵條隨之落鑊，接著左兜右撥，加豉油，再多炒幾遍，香味四溢的炒麵便完成了。

◆平民豪宅，日夜嘈吵

光顧的次數多了，聽見老闆與熟客寒暄，從而知道了頗多北角邨的舊聞。

「有人說北角邨是『亞洲最偉大的平民建築』[2]，我認爲，平民根本不必入住偉大建築啊！這裡的街坊大多不拘小節，只需基建。其實沒有好的住客，建築再偉大也沒用！」

沒有好的住客？

「一些樓上住客，在家中穿木屐、錘擊地板等，噪音從四面八方傳來，我快要鬧精神病了。」

胖子老闆嘮叨，北角邨的單位狹小，各種噪音容易造成滋擾、引起矛盾。打麻雀、收音機及大喊等噪音不斷測試鄰里之間的底線，加上家庭不睦的吵架、父母管教子女的喊話等，每晚由深夜十一時至清晨六時，連續上映。

噪音不僅來自單位，也來自街外。

2 北角邨是香港屋宇建設委員會於一九五〇年代發展的廉租屋邨，由著名建築師甘洺（Eric Cumine）設計，一九五八年全邨落成時，被譽為「亞洲最壯麗的工程」，每戶也有獨立廚、廁、固定間隔的房間以及露台，設有升降機，邨內設施齊備，包括社區禮堂、郵政局、各式店鋪，也有巴士總站及碼頭等。直至二〇〇三年，北角邨清拆；二〇〇七年開始由地產商發展成大型豪宅及酒店。

「那些小販齊集空地，向樓上的住戶叫賣，他們並非一來一往便完成買賣，最恐怖的還是隔幾層樓講價，弄得我睡意全消。」

難怪胖子老闆可以大清早就開檔賣炒麵，大概一向都睡不好吧。他似乎有很多牢騷，而且不只對住客有意見，連政府都大罵一頓。

原來，從前北角邨有一片大草坪，兒童可以踏單車、踢足球，還有幾個可供私家車用的泊位，巴士站只佔邨內十分之一的地方。可是，愈來愈多巴士、小巴停泊，佔據地方，經過二、三十年之後，這兒最多的，除了人，就是巴士。

「巴士違泊問題極之嚴重！無論安全島、路中心，都是巴士，而且漏出來的氣油散布各處，黑色油漬令人噁心！」

◆歲月流轉，滋味留存

胖子老闆的話，讓我對北角邨有另一番看法。

住在邨內的人，日夜承受著它的缺點；居於邨外的人，則只看到它的優點。

作爲過客，這兒的麵飽店、街頭小食及雜貨店，的確吸引，置身其中，恍如進入了另一國度。不過，每逢夏天，巴士廢氣的確讓人難受。

記憶，大概多是苦樂參半吧。

數十年過去，翻看昔日的北角邨舊照，揚長棄短，剩下的大多是美好的回憶。

想著想著，沾滿甜醬、鑊氣滿分的炒麵，又再度於腦海浮現，那溫度及氣味，一輩子難以忘懷，現今想再品嚐當年風味，大概已沒可能了。

記憶遺落在「蘇豪區」之前

消失中的鐵皮屋大牌檔

小時候居於伊利近街，那個年代附近一帶絕對是殘舊、市井的地方，若非喜好懷舊，想必討厭這兒的破落。

在這一區生活，有茶餐廳、燒味檔、生果舖、辦館及粥舖等。最記得，每天清晨五時多，位於卑利街與士丹頓街交界的街市檔的雞隻，總會以最刺耳、最煩擾的啼叫聲，把街坊從睡夢中吵醒。若仍酣睡，樓下茶居的食客，也會以不同形式的呼號，包括問好、髒話、叫喊，提醒街坊起床，以迎接一天的勞碌。

◆半山上下的歷史風景

自幼喜歡歷史，腦海也常幻想社區的前世今生。

二戰之前，堅道以上的地段，政府只准蓋建歐陸大宅，唯獨洋人可以居住。伊利近街連接堅道，每逢前往「新藍塘」[1]買外賣，不僅看到「甘棠第」[2]，還會聯想昔年山頭都是巨宅的畫面，一幅西洋名畫宛在目前。

1 曾位於堅道七十一號的「新藍塘麵包餐廳」，一九六九年開業，二〇一六年除夕結業。

2 建於一九一四年，是何東胞弟何甘棠的住宅，位於中環衛城道七號，大宅物業經數度易手後，二〇〇三年由政府收購作「孫中山紀念館」之用，二〇一〇年列為香港「法定古蹟」。

堅道以下，自開埠便是華洋雜處的地段。由九〇年代興起而聞名的「蘇豪區」，就是在士丹頓街、伊利近街及些利街一帶範圍發展而成，以高檔酒吧及食肆場所爲主。

而往更早的歷史去看，這兒有「興中會」的革命事蹟——孫中山先生等人於一八九四年年底在美國夏威夷創立了這個革命組織，以推翻清廷爲目標，然後於一八九五年二月在中環士丹頓街十三號設立了「興中會總會」，以此爲基地，曾策動廣州起義等多次革命行動。

不過，以上兩者在我這一代人的記憶中，都不怎麼重要，始終與我的成長沒有任何直接的關係。到底留下最深刻印象的，還是那些碩果僅存的家傳小店。

◆「玉葉甜品」的兩代經營

在至今仍存的小店中，伊利近街的「玉葉甜品」[3]，教人又愛又恨。愛，是小時候的美好回憶；恨，是現今檔主的凶神惡煞。

話說小時候，逢星期五晚上會到「卜公」[4]打籃球，然後便會去「玉葉」吃甜品。「玉葉」是一個大牌檔[5]，以簡陋的鐵架結構搭建而成，檔身的鐵皮全髹上了綠色的油漆。檔攤由一對夫婦辛勤幹活——一人在廚房控制爐火，烹煮紅豆沙、綠豆沙、芝麻糊等糖水，同時製作糖不甩等即製甜品，其中最顯功架的莫過於搓弄粉團，然後逐一入水煮熟的畫面；另一人則負責落單及洗碗，這活

3—位於中環伊利近街二號，檔攤以綠色鐵皮屋的形式經營，是香港傳統的大牌檔。

4—即「卜公花園」（Blake Garden），位於香港太平山區的一個露天球場。

5—港英政府在一八四七年起發出小販牌照，後來在一九二一年開始將小販分成「固定小販牌照」和「流動小販牌照」，前者稱「大牌」，後者稱「小牌」。

看來頗爲勞苦，因爲檔口只靠一條水喉，無論盛水、洗碗，都在路邊進行，尤其是洗碗時，要深蹲路旁，每日如此反復多次，盛暑期間更是揮汗如雨，但見店主還能與食客、街坊談笑風生，教人佩服。

昔日的玉葉甜品每天營業至凌晨一時左右。打烊後，這對夫婦便會洗滌及執拾器具，差不多至凌晨四時左右才會回家休息。不過，這對平日看來合拍的夫妻檔，也有不和爭執的時候。猶記得某一夜——

當晚，這對夫婦突然吵架起來，對罵之聲大得把我從夢中驚醒，聽見二人的吵罵，惹起了好奇心，側耳傾聽，愈來愈不對勁的，「斬你丫嘢」、「斬我丫笨」不絕於耳，我幻想著刀光劍影的場面，不過附近的街坊也沒有（或是不敢吧）作出勸說，後來等到了警察前來調停，萬籟才復歸於靜。

而教人費解的是，不到十個小時後，兩夫婦似乎已冰釋前嫌，若無其事地又繼續開檔。

近年，由於教學工作的關係，我不時會帶領修讀中國文學科的學生前來這兒考察。不過，物是人非，昔年的一對夫婦已經告老退隱，現在玉葉甜品的掌舵人，換成了兩老的掌上明珠。

這個女兒，完全繼承了父母強悍的風格，而不知從何時開始，這位新任女當家對鏡頭變得特別敏感。

在現今智能手機流行的年代，人們到了景點而「打卡」拍個照，是很平常的舉動，我的學生來到現場，看見了百年老舖、鐵皮檔，很自然便舉機拍攝，一來想留下光影，二來做個記錄以完成實地考察的課業，可是這位女當家卻對拍攝的學生兇惡起來，不讓人拍。

二〇二二年一月，我再與同學及老師遊歷舊地，爲了一睹舊區僅存的鐵皮檔風貌，我們還是冒著被罵之險，再來到玉葉甜品前。

不知道女當家今日的心情可好？我打算先探口風，便與其中兩位女學生試著上前，不過我還是著她們先稍暫駐路邊，再三叮囑她們待我跟檔主交涉好了，才舉機拍攝。

我爲自己壯膽，心想：「冇事嘅，最多畀人鬧。」

豈料，眞是「求仁得仁」，再碰一臉灰。

「你問曬全部人肯畀你影，咁我咪畀你影囉！」女檔主大喝，在座食客都聽見了，全場哄動。

怎料，還沒完。她走入食客中，又繼續罵：「影影影，有咩好影？」

兩位女生被嚇怕，立卽奔逃。我先向檔主厲色一瞥，然後追上截停兩位女學生，說：

「有乜好驚？冇嘢要驚嗝。」

「唔驚就假啦。」

兩位女生說怕，怎料男生更怕，於是師生們暫駐「公利竹蔗水」舖前，呆了好一陣子。

當時「玉葉」的女檔主還是目露凶光，叉手站在舖前，繼續唸唸有詞，以凌厲的眼神盯住我們的一舉一動。

「吓！驚咩呢？我哋影條街，又唔係影佢。」同行的馬老師說。

「啱啊，其實驚咩？」

我們齊集在伊利近街的路口，遠攝路上一帶的風物。只要是不影響別人，我們都有自由做自己想做的事吧。

自此以後，我拒絕再光顧玉葉甜品。一些所謂「百年老字號」，或許只是旅遊書筆下的賺錢話題罷了，除了「都市倖存者」之名外，其實乏善足陳。

◆「公利」蔗水的滋潤清涼

至於就在玉葉甜品鄰旁的「公利蔗水」[6]，店主則極之親民。疫情期間，雖然無法內進，師生們只能在舖外品嚐蔗汁，但店主還是親切地關心學生的身心狀況，言談之間不免例牌想當年。

「公利」的竹蔗水喝下去有生津潤燥的功效，能舒解心中悶氣，加上有店主的噓寒問暖，顯見老店經營者與客人之間的眞摯情懷。

店主對我們拍攝無任歡迎，還指著門口的廣告畫：

「這幅廣告畫中的男人，是不是很像黎明？我們都很想找黎明來拍攝對比照片，可惜還沒有機會！」

6 全名為「公利真料竹蔗水」，於一九四八年開業，位於中環荷李活道六十號。

真有趣的店主！

小時候，這裡的蔗汁一杯只賣幾元，現已升價至十多元，不變的是入口感覺依然脫俗，非一般蔗水所能媲美。

「公利」位於一幢百年建築內，那些年每逢歸家，由中環站沿斜路爬到這兒，都會停駐在此一解口渴。

這幢建築不只歷史久遠，落成不久後，革命黨人霍汝丁就在上址創辦「萃文書坊」[7]，售賣魯迅等「新文化運動」[8]時期的作品，當年書坊有著獨特且重要的文化地位。

在「公利」飲蔗汁滋潤心脾的同時，也可呼吸歷史的文化氣息，多了一番滋味。

◆「民園麵家」的盛衰故事

這一帶不僅有革命歷史，也有著悠久的飲食文化。

玉葉甜品的旁邊，本來還有一間名叫「民園麵家」的大牌檔。小時候，每逢趕去打籃球前，都會先去麵家「醫肚」，既經濟，又快捷。猶記得麵家的桌面容不下大多碗碟，若果點撈麵、吃油菜，又飲支裝可樂，便要一眼關七，慎防掃跌其一。

7—據長春社公共事務經理李少文所說，估計「萃文書坊」於一九一九年創立，當年暗地裡售賣與「新文化運動」有關的「禁書」。

8—於一九一五至一九二三年間，由胡適、陳獨秀、魯迅、錢玄同、李大釗等人發起，宣揚民主與科學的文化運動，主張「反傳統、反孔教、反文言」的思想文化革新。

經過一些秋與冬，在綠皮屋經營的「民園」已結業多時，不過吃麵的深刻記憶，至今猶在——冬天在麵家，特別溫暖；夏日在鐵籠，尤其悶熱。

近來再考究舊照片，追查了更多關於民園麵家的歷史。

◈ 一九六〇年代於伊利近街的檔攤．當時招牌仍是「黃輝昌薄餅專家」，右邊直書小字隱約可見是「四十五週年紀念」，後來牌匾易名為「民園麵家」，也改為主要是賣麵。

從一幀一九六〇年的舊照片，看到伊利近街二號大牌檔的光影，牌匾大字寫著「黃輝昌薄餅專家」七字，右面小字是「四十五週年紀念」。

翻查資料後得知，黃輝昌是老闆，最初他的檔攤是在荷李活道與鴨巴甸街交界經營，主要賣薄餅、牛腩、豬手及水餃等。戰後重光，其子黃光慶接手，將檔攤遷至伊利近街繼續經營。

一九六〇年代某天，一對李姓兄弟爲學得一門手藝，決定跑到這兒來學師，後來更成爲了這檔攤的掌舵人。不久之後，這兒不再賣薄餅，轉而賣麵，牌匾亦改爲「民園麵家」，但仍然寫上創始人「黃輝昌」的名字。原來李氏兄弟於一九八二年入股麵家，與黃光慶聯營，繼續深受街坊歡迎。

牌匾一直保留創始人的姓名，我一直思考箇中原因，直至千禧年代，謎底終於解開。

二〇〇五年七月，創辦人之子黃光慶逝世，依例麵家牌照不能轉讓，於是被迫結業。不過其後接手人於同年十二月在原有檔攤的對面舖位（伊利近街一號）恢復營業，但後來還是敵不過時代變遷，於二〇一六年三月終於走入歷史。

◆伊利近街的居住記憶

當年我住在伊利近街二十一號，是現今蘇豪區的腹地。

回想起來，那幢唐樓的結構奇特——

廚房那扇窗雖可打開，但一推便會撞上鄰座大廈客廳的窗戶；在廚房煮飯，可以清楚聽見鄰戶聊天、吵架的聲音；若將家裡的窗戶打開，各種昆蟲也試過飛闖入屋內，令人驚心動魄。

此外，單位內的所有房間主要以木板分隔，試過一拳打在木門上，門連同間板幾乎一同倒塌，堪稱「豆腐渣」。

又因爲客廳的窗戶面向卑利街的露天垃圾站，所以不少住客都貪方便，將一袋又一袋的遺棄品從天而降，但在空中解體的不計其數，垃圾散落街上的奇景已見怪不怪。

最惹人發笑的，便是車輛由士丹頓街經卑利街駛入伊利近街的U形彎角時，那個位置經常堵車，司機響咹是少不免的事，樓上的住客不勝其煩，便向車輛投擲一、兩枚雞蛋，不過司機中招後大多不會落車緝兇，都克制忍耐，估計是害怕再中一枚。

樓下的舖位，曾有一家「永祥燒臘」，是街坊「斬叉燒加餸」的首選。燒臘舖兼營茶餐廳，若平日放學回家感到肚餓，便會點一份三文治、一杯凍奶茶，大快朶頤。

「永祥」旁邊，有幾檔小販，賣水果及雞蛋。水果用紙箱盛載，上插紙牌，標明價錢。其實車輛會不斷在這兒駛過，路上又不時有垃圾丟棄，坑渠蓋附近也見過蟑螂、老鼠出沒，不過街坊似乎也不怕生果沾菌染毒。

賣雞的檔口，會放一盞黃光燈泡，供人買蛋時照光檢查有否裂紋。印象中，那檔販長期坐在矮木櫈上，呆望著街頭巷尾，等到有街坊光顧的一刻，才會擠出笑容，每天看著他們的動靜，也眞有趣。

自從通往半山的行人電梯於一九九三年啟用後，伊利近街一帶數年內急速商業化，原有的雞檔、肉檔、雜貨檔、粥店、遊戲機舖以及其他食店等，或遷離、或結業，租金不斷上升，將破街陋巷改變面貌，商業轉型發展原是美事，不過之後在這兒一帶開設的，大都是夜夜笙歌的酒吧，成爲了平民街坊眼中高不可攀的消費地段，而再不是親民、富人情味的社區了。

◈ 卑利街南望，左面的酒家當時尚未開張，其後舖位經營燒臘店，今日已成蘇豪區一部分。

流著眼淚離開現場

揮之不去的催淚煙

祖母一代經歷過二戰硝煙，父輩一代經歷過炸彈風潮，那我們這一代又如何？

催淚煙——正是震撼我們這一代的集體記憶。

◆和平遊行表達訴求

二〇一九年六月九日，是香港人以和平遊行方式表達民意的一個里程碑。

自二〇〇三年之後，大概沒有香港人會渴望重見當年「七一遊行」五十萬人上街表達訴求的規模[1]。然而，二〇一九年二月十三日，政府提出《逃犯條例》修訂草案[2]，由於是次修例觸及持不同政見立場人士之底線，三月中開始，有市民以靜坐、遊行方式表示反對，也有議員在立法會內表態不支持議案。

至六月九日，一百萬人走上街頭。

1 二〇〇三年七月一日，香港五十萬市民上街，以示反對《香港基本法》「第二十三條立法」等訴求。

2 即《二〇一九年逃犯及刑事事宜相互法律協助法例（修訂）條例草案》，坊間一般簡稱為《逃犯條例》。

當天晚上，不少市民冀盼民意會獲得回應，一如二〇〇三年撤回了《二十三條》立法提案。惟當局依然如期將於六月十二日的立法會，進行二讀辯論《逃犯條例》修訂草案。

◆煙霧瀰漫中撤退

六月十二日，是香港社會運動的第一條分界線。

前一天，已有示威者在金鐘留守。當日清晨，大批香港市民於金鐘政府總部前聚集。早上七時半左右，龍和道已站滿反對修例的市民，而且更多人還是陸續前來，人潮延至夏慤道，佔據了東、西行車線。

數十名警員遂舉出紅旗、橙旗，勒令佔路人士盡快離開。

現場集會者人頭湧湧，東行線有數十名示威者以雨傘格擋，防禦警方的驅趕；西行線也有十多名市民高舉雨傘，大部分人都堅持留守原地，並未散去。

雙方對峙幾個小時後，警方的防線由夏慤道退入立法會大樓。

然而，到了下午三時半，警方開始採取驅逐行動。至四時左右，在前列的示威者以傳話形式，將訊息一排又一排的帶到擠在「中信大廈」附近的集會者，大概說：

「退後啦、散水啦。」

「退咩嘢？呢度有《不反對通知書》。」

一切卻不似預期。

警方正在驅逐立法會大樓外的抗爭者，一直由添美道趕向龍匯道。同一時間，另一隊警員由龍匯道攻入，形成包抄之勢。

是次集會，主辦方事前已取得警方發出的《不反對通知書》，代表這裡的集會合法。可是，突然傳來了「噗、噗、噗」連環開發的聲響。

沒料想到，二〇一四年「雨傘運動」九月二十八日警方發放催淚彈的畫面竟重現目前。

在場人士在煙霧中都壓抑不了淚水與乾咳，氣氛驟然變得極爲緊張，集會者當下唯一的選擇，便是撤離現場。

突然，一枚又一枚催淚彈丟在中信大廈門前，落彈位置就在人群之間，數千人在毫無防備之下，吃下催淚煙。

催淚氣體瞬間瀰漫、擴散、升騰，化學效應幾乎令人窒息。驚叫、嚎哭此起彼落。混亂中有人大呼：「入『中信』吧！」

前無去路，後有防暴，被圍困的人士進入中信大廈是唯一生路。可是，人太多了，當時大廈只有右側門口可供出入，中央的旋轉門難以作緊急逃生之用，左側門口則被鎖上了。

千鈞一發之際，數千人逼在大廈門前，逃命似地魚貫奪門而入，場面倉惶慌亂，險釀成人踩人慘劇。

躲入大廈之後，有人哮喘發作，有人受驚倒地，一些人驚惶失措，一些人精神崩潰……

隨著人們湧入大廈，煙霧也飄進門內，愈來愈濃，人群來不及喘氣便又拔足加速朝大廈連接的天橋、往金鐘港鐵站方向跑去。在場感到不適而不能走動的人，則由其他人攙扶下離開現場。

後來得悉消息指，警方在中信大廈附近共發大概十枚催淚彈，歷時大概半小時。

當時，現場有不同年齡層的市民，而且不少是中學生，他們在五年前的「雨傘運動」時大概還是小學生吧，現在有人寧願缺席考試，也來到這裡聲援。怎料，催淚彈爲他們舉行了成人禮。

一旦吸入催淚煙，會有何不適？

催淚彈撞地冒煙的一剎，最初襲來的，是眼睛及皮膚灼熱、刺痛的感覺，然後不能自控地流眼淚、流鼻水，毫無防備之下，就只能以紙巾掩鼻、擦淚，以衫袖捂著口鼻勉強前行。

有人一路向金鐘港鐵站撤退的時候，覺得頭暈，幸而還能保持清醒。有人皮膚出現紅點，像是蚊叮的模樣，大概是煙霧誘發的過敏反應。經歷大約一小時的逃難，終於到達金鐘港鐵站。

◆經歷創傷久未癒合

如今回想，一切猶在昨天。不能忘記，那置身槍林彈雨、煙霧瀰漫的震撼。

六月十二日的和平集會，警方最後以催淚彈驅散人群，甚至當局曾一度有說法將之定性爲「暴動」，令群情激憤。

到了六月十五日，政府終宣告暫緩修例，惟仍有市民認爲訴求未獲得完全的回應。之後，仍有不少市民還是相信和平遊行可表達民意訴求而再次上街，六月十六日，在取得《不反對通知書》而再度舉辦的遊行中，主辦方公布上街人數超過二百萬，刷新了香港以往所有遊行參與人數的紀錄。

民意衝擊下，政府當晚發出新聞稿，爲進行修例在工作準備上的不足致使香港社會出現矛盾和紛爭致歉，特首林鄭月娥於六月十八日公開露面時再親自向市民表示歉意，但並未再有回應民間的任何訴求。兩星期後舉辦的「七一遊行」，也在取得《不反對通知書》下和平進行，惟到了晚上發生了「佔領立法會」事件。

二〇一九至二〇二〇年中，香港社會發生各種抗爭及衝擊事件，反映部分香港人對以和平理性的方式提出訴求已失去希望。因持不同政見而釀成的衝突及悲劇連環發生，「七二一」[3]、「八三一」[4]及「國慶日」[5]等衝擊事件，都令香港人沉痛不已，即使後來疫情冰封民間抗爭，但社會運動帶來的傷患久未癒合。

3—可參閱下一篇文章的相關事件記錄（p.190）。

4—二〇一九年八月三十一日晚上，太子港鐵站有持不同政見的市民向剛參與遊行而返家的乘客作出挑釁，雙方遂起爭執，防暴警員接報後到太子站往中環方向的月台及列車上作出制伏。

5—二〇一九年十月一日，「中華人民共和國」建國七十週年慶祝日當天，不少市民自發上街，於多區遊行示威，警方對當日多區出現的衝突定性為「暴動」。

直播鏡頭前的記錄

元朗襲擊事件

是夜，全港市民集體失眠。

從直播鏡頭前可見，數以百計的白衣人，攻擊手無寸鐵的無辜市民，元朗港鐵站頓成戰場，衝擊著每一個香港人的道德底線。

有傳媒評論這次事件中白衣人的行爲屬「無差別襲擊」，至於「監警會」[1]的調查報告則將事件定性爲「雙方的集體毆鬥」。

當晚，不少元朗市民無故遭棒打受傷，甚至頭破血流，事後猶有餘悸，更有人患上創傷後遺症。之後數天，元朗商舖閉門停業，大馬路猶如鬼域。

香港自「雙十」[2]、「六七暴動」[3]後，已有五十多年再無發生過大規模的襲擊事件。回想上世紀這兩宗暴動事件，最後也有犯人被捕、判以應有刑罰，社會回復秩序。而二〇一九年七月二十一日晚上，在元朗發生的襲擊事件，衆多白衣涉事者在直播鏡頭前、衆目睽睽下毆打傷人的罪行，最後又有多少個落網被繩之於法？

1—即「獨立監察警方處理投訴委員會」。
2—可參閱本書〈政治表態的忌諱——一九五六年「雙十暴動」記〉的內容（p.120）。
3—可參閱本書〈北角清華街血案——鐵罐炸彈慘殺兩姐弟〉的內容（p.160）。

◆事發前的跡象

回看及綜合分析關於這次事件的各方直播錄影、媒體專輯、各家新聞報道（包括左派報章）、以及監警會報告等，這宗緣於政見不同的暴力襲擊，似是早有預謀——

事發前一天，在金鐘添馬艦的集會中，一位自稱元朗十八鄉居民的白髮先生，曾經公開說過這番言論：「元朗不容許有人『搞事』嘅，（明天）將會有一場好戲。」

到事發當日，有社交網站發出文宣：「元朗所有範圍，不得貼有連儂牆，如有發現必除之……」另也見有某臉書專頁的帖文聲稱：「元朗六鄉早已準備就緒，積極『備戰』、『準備大量藤條教仔』」……

有見以上種種狀況，元朗區議員麥業成感到勢色不對，日間先後兩次聯絡警方，望加強巡查。

◆大街上的襲擊

七月二十一日當晚九時許，元朗瀰漫著一股不尋常的氣氛，多名白衣人現身街頭，他們手持支棒狀物，在路中心浩蕩巡行。其中有一鏡頭拍下一名立法會議員現身鳳攸北街，與一個白衣人走近，握手打招呼，言談甚歡。兩者與當晚事件可有關聯？或純粹只是街坊之間的問好？

至十時左右，白衣人確實有所行動了，在元朗街頭開始動手襲擊途人——一名身穿灰衣、深色褲、任職廚師的男子（他並非身穿黑衣的遊行人士），下班後路過一眾白衣人身邊，只是開口說了一句：「真係好多白衫人。」未幾便遭人包圍鞭打，人數多達二十。他的背部被打至皮開肉綻，留下十多道血痕；腳部腫脹，痛楚難當。

一路上，白衣人似乎隨機作出攻擊，見人便打。

◆西鐵站的亂狀

大概四十分鐘後，從現場記者的直播鏡頭所見，白衣人來到元朗西鐵站，此時站內有不少市民，當中包括有當日遊行返家的示威者，但相信也肯定有並無參與遊行的區內居民。可是，白衣人朝向所有非白衣者一律展開攻擊，在場人士毫無防備、手無寸鐵，最多只能用手肘擋避、以雨傘抵抗。

亂狀中有人報案。十數分鐘後，兩名警員現身港鐵站，但二人並沒無採取任何行動便離開了。

此時，一名女記者的直播鏡頭對著一名身穿粉紅花紋恤衫的中年男子，他正力鞭站內的非白衣市民，大概是發現被拍攝，該男子突然轉身朝向女記者，此時她手上的鏡頭搖晃模糊，聽見她發出幾聲慘叫，可想而知，她當場受襲，之後該男子逃去無蹤。

另有鏡頭拍下有孕婦被打，暈倒地上。

然後，一片混亂之下，一衆白衣人由閘前衝進閘內，攻向月台。市民見狀，紛紛急進車廂內躲避，白衣人卻還是窮追猛打，闖入停駐的列車之中，揮動藤條、木棍、竹枝、喉通等，受襲的市民只能以雨傘、雜物等負隅頑抗，哀泣、呼號及叫喊聲響徹車廂。

直播的畫面搖擺不定，有市民蜷身一角，揚臂擋住一下又一下的攻擊，「唔好打、唔好打」經歷數分鐘仍然是唯一的對白。

鏡頭上也可見趕來元朗以了解事態的時任立法會議員林卓廷，他也受到攻擊，嘴角流血，遍體鱗傷。

◆未解開的謎團

據報道，當晚自十時三十分至凌晨一時，「九九九」報案中心共接獲二萬四千個求助電話，而在元朗報案的市民，等了又等，除了較早前出現過的兩名警員，仍未見有警方再到達現場，有市民見勢色不對，便親往元朗、天水圍警署報案。

等到晚上十一時十五分，離警方第一次接到報案後三十九分鐘，警員抵達現場（這是後來經調查後由監警會報告披露的時間），而白衣人則恰巧地在這之前的一分鐘（即十一時十四分）全部散去。到場警員當時並無採取任何行動。

不料，至零時十六分，白衣人再度衝入元朗港鐵站，拉開鐵閘，再度作出攻擊，其中有鏡頭拍下前主播柳俊江等人被打得頭破血流。

凌晨一時，兩個直播進行中，一個畫面是林卓廷在屯門醫院譴責白衣暴徒，另一個畫面是白衣人與防暴警員在南邊圍正在對話，雙方似是進行會談中。

趁這個時候，有記者上前採訪元朗某分區指揮官，提問警方未有盡早到場的原因、爲何沒有作出任何拘捕等，他當時並未有作出明確的回應。

這次在元朗發生的襲擊事件至今仍尚有許多疑團未被解開。除了上述記者的提問外，曾到場的兩名警員爲何不急召同胞以增授警力、從而盡快控制場面？白衣人是何許人士？……

根據鳳攸北街商戶向《鏗鏘集》記者提供的資料，當晚約有六百至七百名白衣人聚集。而事發一年後，據悉警方共拘捕六十三人，包括四十八名白衣人，最後當中八人被起訴「暴動」及「傷人」等罪。而翻查監警會報告，指出白衣人第一次在元朗港鐵站月台發動襲擊，人數約有七十。在整個事件中的涉事者，尚未落網的，有沒有被通緝？現今下落如何？

面對暴力，求救無援，似乎正義與公義都不見了。香港一夜之間，退步了五十年？

寫在瘟疫蔓延時

被時代選中的一代

由二〇一九走入二〇二〇年，香港人所面對的變化之急，實在難以預料。比如說，原本戴口罩是違法[1]，變成不戴口罩才是違法[2]。口罩的象徵意義，對香港人而言，尤其複雜。疫情的肆虐壓抑社運的熾熱。然後，有些東西不能再寫，有些歌曲不能再唱，有些口號不能再喊，有些問題不應再問。

◆新常態下的香港社會

疫情之下，我們的生活不再如常。

撲口罩，是疫情的序章。新冠肺炎初起之時，全民搶撲口罩，有奸商趁機炒賣，折騰市民好幾個月，供求才逐漸平衡。

街上不許再有人聚集，無人再說「攬炒」，只有人說「清零」。而嚴格的防疫政策，重創餐飲、娛樂及旅遊等行業，街頭巷尾一片蕭條，商場十室九空，一年間恒指下挫數千點。

1 二〇一九年十月五日，香港特區政府根據《緊急情況規例條例》實施《禁止蒙面規例》（簡稱《禁蒙面法》），禁止市民在某些情況下（如集會及遊行時）以物品遮蓋面部，致使執法人員無法辨認其容貌及身分。

2 二〇二〇年七月二十三日，香港特區政府根據《預防及控制疾病條例》實施《預防及控制疾病（佩戴口罩）規例》，規定市民在公眾地方，必須一直佩戴口罩以預防新冠病毒傳播。

◆被時代選中的年輕一代

疫情期間，學生再沒有罷課了，但卻被停課。有的學生說，既然不能出門，只是上網課的話，不用換校服，便任由頭髮蓬鬆。沒有網課時，更可以「躺平」，在梳化攤出大字形。假期沒法外出，便終日打機、連夜追劇，彷彿進入了另一時空。

校園是社會的縮影，教師平日接觸的是學生，但實際上每個家庭對社會的看法，也影響著學生的校園生活。作為家長，總關心子女的成長環境和發展前景。自二〇一九年起，香港發生連串社運事件，接著爆發疫情，再來是二〇二〇年中《國安法》[3]的生效實施及隨後「國安教育」的陸續推行，不少家庭基於各種想法及原因而決定出走。

想起錢鍾書在《圍城》寫的這一句——「城外的人想衝進去，城裡的人想逃出來。」回看香港的歷史，也正是如此上演。

「在香港生活感覺愈來愈糟……覺得沒有足夠的自由。移民，我們還有生路。」即將跟家人移民的媛熙同學說。

不過，也有學生持不同看法，「不管這兒帶來希望、失望也好，我還是打算參與其中，見證時代變遷，繼續追逐夢想，我要成為一位老師。」采琳同學說。

3 二〇二〇年六月三十日，《中華人民共和國香港特別行政區維護國家安全法》（簡稱「香港《國安法》」）執行，明確規定四類危害國家安全的罪行和罰則：「分裂國家罪」、「顛覆政權罪」、「恐怖活動罪」及「勾結外國或境外勢力危害國家安全罪」，最高可判終身監禁。

一個城市的衰落，只需要幾個始作俑者；一個城市的復興，究竟需要多少人的付出？尤其在凜冽寒冬之際，又需要有幾多迎難而上的有心人？頗爲肯定的是，無論今昔，只有城內的人才能解決問題。

有形的城牆劃分區界，無形的圍牆束縛情緒。

這一代的年輕人，有輕狂的一面，也絕對有關心社會的時候。二〇一九年的紛亂局面，眼見困擾著一部分的學生，他們在半年之間迅速長大，正因爲對生活在香港抱有期望，才身體力行提出訴求，然而換來的卻是未能圓滿的結局。

所有的事情不能一蹴而就。無力、沮喪、失望在所難免。在這個大時代任職教師，課堂之外，覺得也需要騰出時間，關心、了解學生的想法。可是，自二〇二〇年開始，全港學校在網課與面授之間，搖擺不定，師生之間的相處、對話，殊不容易。

一位舊生感嘆，想不到疫情影響了「文憑試」[4]，他應考的一屆（二〇二〇年）中文科「說話卷」被迫取消了，怎料升上大學兩年來還是要繼續網課。第一次停課，大夥兒還有點當作是假期的心態。可是，曠日持久的網課，足不出戶的生活，衆多學子開始感到焦慮、無助，失去校園的生活，缺乏師友的支持，心情落入低谷。

時代再一次選中香港這一代的年輕人，經歷人生中另一個難關。

4 即「香港中學文憑考試」（Hong Kong Diploma of Secondary Education Examination），簡稱「文憑試」（DSE）。

◆比 DSE 更大的成長考驗

這一屆（二〇二二年）高中畢業的學生，早在中五的開學日便開始上網課，輾轉到了中六的最後一個上課天，還是同樣在網課中結束。

對於疫情期間或停課或網課的經歷，詩樺同學回憶說：「一開始是開心的，覺得不用上課，農曆假期變成超長寒假。但是，後來持續的網課，失去了上課動力，開始馬虎應付。」

不用回校的日子，便遲睡遲起，日夜顛倒，刷手機直至凌晨四時；即使要上網課，心想老師也無可奈何，便關上屏幕，百無聊賴，軟攤床上。既沒有打算預習，也沒有做家課的興致，整個人失去了方向。

清僑同學長期足不出戶，導致情緒低落。他覺得心底恍惚展開了一場無聲無息的戰爭，拚命想從漩渦掙脫出來，卻好像身處流沙，漸被顆粒吞噬。有時候難得安然平靜，有時候卻慘被撕碎。每一刻都在頑強抵抗，頓感度秒如年，默默地消耗了所有心力。

凱琪同學感染了新冠肺炎，臥病在床期間，整個人處於混沌狀態，每天早上十一時起床，到下午二時已經抵不住疲累而再次昏睡。面對即將開考的文憑試，她有強烈的焦慮感，總記不住書本的內容，她說：

「看見身邊的同學都在努力溫習，我卻竟然倒下了，還休息了兩個星期。康復之後，卻久久仍未回復狀態，令我更加緊張。」

相信這種感覺，並非只她一人獨有。天下之大，不少人也面對著無形的枷鎖。躁動、憂鬱、惶恐、不安、痛楚，基調都是黑色的。

面對這場似乎難以短期終結的世紀疫症，校園生活大受影響，師生距離愈來愈遠，但教學還是要繼續，師生關係還是要維繫。於是，在間中可以復課的日子，便每次以四人小組形式，在半天的上午課後，相約班上幾個同學，抓緊下午的時段，一起去何文田、荃灣、九龍灣、紅磡等地方午膳，有時也會去行山，如金山、魔鬼山，留下了不少我們的腳印。我就是在課外與學生的相處之中，聽到了不少這些年輕人平日不多說的故事與想法，例如有人來自破碎家庭、有人對前路迷惘等，讓我重新認識了一部分的同學。

◆盡力而為作時代見證

猶幸一些同學在疫情中有所感悟，覺得在逆境中首要學會的事情，是懂得自處。釆琳同學認爲，人生最多面對的，不是家人，而是自己。青少年時期，他們介意朋友的評價，不過在網課及停課期間，無法向同學、朋友傾訴，家人也很少騰出時間聆聽鬱結，惟有自行調整情緒、尋找快樂。

「一個人原來都可以盡興。」

此外，與其頽廢消沉，不如振作起來，去做一些有益的事情。若果生活沒有目標，便會一直沉淪。有同學選擇利用餘暇爲弱勢社群補習，期望看見年紀比自己小的兒童快樂，也可以正面感染自己。也有同學把握參與網上仍可以進行辯論比賽的機會，即使少了臨場的刺激感，也決意全力以赴。

從傾談得知，疫情中讓這班學生感受最深的課外活動，莫過於校際話劇比賽。最初在構思劇目時，他們認爲，在如此動蕩的年月中，若作品能夠反映社會實況，便更具意義，於是便著手根據社會實況設定主題、編寫劇本。

二〇一九年的冬至前夕，十多名露宿於通州街公園的無家者遭康文署人員及防暴警察丟棄家當，其中一位無家者更就此丟失一張與亡妹的合照。此外，疫情期間，港府禁止晚市堂食，致使大批「麥難民」[5]無處棲身，成爲露宿者。

蔚祺同學擔任編劇，她以這兩則新聞爲基礎，撰寫校際話劇節的劇本，希望以這齣話劇作爲時代的見證。

撰稿之初，原爲實體演出而度身訂造，劇本上寫有舞台提示，記錄了每位演員的舉手投足、表情演繹，也配合了道具、燈光、服裝及音響等細節的安排。不過，教育局宣布停課，校際話劇節只好轉爲網上以「讀劇」的形式進行比賽，嚴重打擊了同學的部署。

「轉變令人措手不及，當時劇本已差不多完成，而爲了迎合『網上讀劇』的賽制，忍痛將所有舞台、音響提示一一刪除，以其他演繹模式來彌補不足。……爲了維持士氣，只好繼續硬著頭皮去做。不過，同學們沒有洩氣，即使是在網上比賽，所有人也全力以赴，把握演出的機會，令我非常感動。」

經過無數次的排練，這齣《露人甲》最後奪得了校際話劇節的最高榮譽，每一位參演同學都獲得「傑出演員獎」，就連「編劇獎」、「導演獎」也成爲了他們的囊中物，由此帶來了極大的鼓舞。

5 指一些無家者晚上棲身於二十四小時營業的快餐店內，例如「麥當勞」。

可以想像，話劇轉成了網上比賽，同學們在排練時，需要考慮種種狀況，如連線的速度、畫面的質素，也要培養彼此之間的默契，無論如何都是非常難得的經驗。更重要的是，他們不只演活了角色，還從中反映了社會的黑暗及光明面，不僅打動了評判，也感動了自己。

「一切辛苦都是值得的。回首當初，連場排練、踏上舞台，假如只有自己一個絕對不可能完成，大家的努力沒有白費，我也終於可以突破自己。」

在疫情期間，鬱悶束縛著學生的情緒，而得悉獲獎，大家振臂高呼，頃刻吐出所有悶氣，彷彿在人生豎立了一個里程碑。他們都意想不到，在這艱難的時候，奪得了中學生涯中一項重大殊榮。

人生誠如劇中的最後一句獨白：「終於都會好天嘅。」

◆在病毒前突破性成長

新冠疫情持續，文憑試開考在即，未來如何走下去？難以預料。無論如何，我們一眾師生，悟出了「眞誠」是拉近關係的殺手鐧。

經歷多次停止面授課程，同學們更加珍惜每一次相聚的時刻，包括三日兩夜的畢業營、隔週的團契活動等，成爲了難忘的回憶。最記得一位外表看來剛強的男生，在分享的時候不禁落淚；也記得一位平日沉靜的女生，未畢業便約定未來再聚。

其中一位女同學美嫣，自中三開始，便離鄉別井，隻身在香港上學。三年疫情，母親無法赴港，撲口罩、上網課、看醫生及備戰文憑試，都是自己一個人應付。她覺得，師長就是父母，同學就是兄弟姊妹，陪自己撐過了人生中一個黑暗的時期，她如是作出分享：

「校園生活被疫情打得七零八落。不過，那些再平凡不過的日常瑣碎，卻成爲了心中最深刻的部分。哪怕只是隔著屏幕，我們也無一例外地在好好珍惜著相處的時間，把倒計時的鐘聲在不捨裡無限延長。」

「我時常感嘆，是上天怎樣巧妙的安排，讓我們這樣一群人得以凝聚在一起，我們在一起時總有一種魔力，無論多麼無聊多麼平平無奇的事情，只要是廿九丁友一起做，都能賦予它靈動有趣的意義，把遊戲玩得熱烈，把感想分享得認眞又坦蕩。」

「那些普通的生活，也因有你們的存在而熠熠生輝，在每個被孤獨與病痛折磨的日子裡，溫暖我照耀我，給予我撐過去的勇氣與力量，讓我知道在這條路上，我並非孑然一身踽踽獨行。」

這並非一個人的感受，而是大多數學生的想法。

經過強烈的情感洗禮過後，我期望學生沉澱一下經歷，於是問他們：「在疫情下，學會了甚麼？」

藹晴同學：「每天看著起伏不定的確診、死亡數字，讓我領悟人生擁有的事並非必然，讓我慢慢懂得珍惜、感恩已經擁有的東西。」

采琳同學：「疫情令我懂得怎樣迎難而上，如水轉換心態，應付變幻不定的環境。這種變換並非妥協，而是學習適應環境的同時，仍然可以堅持。」

凱琪同學：「在疫情下不僅要抗『疫』，更要抗『逆』。每天社會的問題接踵而來，令人倍感壓力。但是，日子還長，要學會以正面的思維和態度，抗『疫』和『逆』。」

浩程同學：「我學會了珍惜。在疫情下，只有眞正想做的事，才會排除萬難去完成，只有值得珍惜的關係，才會想盡辦法維繫。互相支持，讓我度過了最艱難的時光。」

我相信，這班同學在疫情中所經歷的一切，也是全港學生的經歷寫照；他們上過寶貴的人生課，也是全港學生的深切體會。在往後的日子回望，也將成爲這一代香港人的集體回憶。

時代險惡，世道艱難，冀望同學們都能從中領略智慧，不要忘記在香港這片地方生活所學習到的每一個課題，未來也好好迎接人生中的每一場挑戰。

”

不要忘記在香港這片地方生活所學習到的每一個課題，
未來也好好迎接人生中的每一場挑戰。

期望再過數十年，
我們的下一代還能觸摸、觀察這兒的一切，
建築仍然不倒，
故事還有溫度。

聽 講 我 城

香 港 在 地 故 事 拾 憶 記

作　　者 —— 余震宇
照片提供 —— 余震宇
繪　　圖 —— 劉佩佩
執行編輯 —— 阿丁 Ding
美術編輯 —— Mari Chiu

出　　版 —— 格子盒作室 gezi workstation
郵寄地址：香港中環皇后大道 70 號卡佛大廈 1104 室
網上書店：gezistore.ecwid.com
臉書：www.facebook.com/gezibooks
IG：www.instagram.com/gezi_workstation
電郵：gezi.workstation@gmail.com

發　　行 —— 一代匯集
聯絡地址：九龍旺角塘尾道 64 號龍駒企業大廈 10B&D 室
電話：2783-8102
傳真：2396-0050

承　　印 —— 美雅印刷製本有限公司

出版日期 —— 2022 年 7 月（初版）

I S B N —— 978-988-79670-9-5